KB251994

크리스천문학나무숲 앤솔러지 ❷

인생을 살고 보니

크리스천문학나무작가회

도서출판 한글

인생을 살고 보니

2026년 1월 2일 1판 1쇄 인쇄
2026년 1월 5일 1판 1쇄 발행
편 집 인 신성종
주   간 이건숙
저   자 크리스천문학나무숲작가회
문학회장 서철수
발 행 인 심혁창
편 집 장 백혜숙
운영위원 남춘길 유영자 이옥련 조부경
인   쇄 김영배
마 케 팅 정기영
펴 낸 곳 도서출판 한글
우편 07384
서울특별시 영등포구 신길로41라길 13-9
☎ 02-363-0301 / FAX 362-8635
E-mail : simsazang@daum.net
창   업 1980. 2. 20.
0 전신고 제2018-000182

* 파본은 교환해 드립니다.
* 정가 15,000원
ISBN 97889-7073—653-2-13810

본서는 2015년부터 2024년 가을호 39호까지 계간 크리스천문학나무로 발행하다가 사정상 폐간함으로 문학나무회원들이 뜻을 모아 연간 2회 앤솔러지 크리스천문학나무숲으로 발행하게 되었습니다.

남춘길 · 수필가 · 시인

긍정의 삶

긍정의 삶은 부정적인 시각에서 벗어나 사랑이나 기쁨, 희망과 같은 밝은 에너지에서 비롯되는 마음속 그림이다. 이렇게 따스하고도 밝은 긍정의 마음은 희망의 싹을 틔우고 그 싹은 감사를 먹고 자라나서 행복을 느끼는 시간을 만들어 줄 것이다.

긍정의 마음을 품으려면 원망과 불만의 부정적인 마음을 비우고 자신의 마음을 온기로 채워 우선 나를 변화시킬 수 있어야 할 것이다. 내 이웃을 살펴 보듬고, 내가 이웃에게 베푼 일을 생각하기 전에 먼저 내가 주위로부터 받은 사랑과 배려에 대한 감사를 내 마음의 바구니에 담아 나를 들여다볼 수 있도록 내 마음 자락을 토닥일 줄 아는 것부터 출발선에 서야 할 것이다.

주어진 내 삶의 몫에서 감사를 찾아내는 것이 곧 행복을 느끼고 알아가는 길이 될 것인데도 불구하고 많은 사람은 진리를 외면한 채 엉뚱한 곳으로 눈을 돌리며 살고 있다. 행복해지려고, 돈을 많이 벌려고 혈안이 되고 출세를 위해서 양심을 가리고 부끄러운 삶을 살고 자식들 좋은 학교 보내려고 자식들을 불행하게 만들고 있다.

많은 것을 갖지 못했어도 특별히 신나는 일이 없어도 성실하게 인간답게 살면서 비교의 늪에 빠지지만 않는다면 소박하고 평범한 일상 속에 감사가 숨겨져 있다는 것을 깨우치게 될 터인데, 그 귀중한 진실을 놓치고 살고 있는 것이다. 어리석은 욕망 때문일 것이다.

젊은 날 행복을 느낄 수 있는 것도 능력이라는 글을 읽은 적이 있다. 그때는 무슨 뜻일까? 행복을 느끼는 것이지 능력이라니 얼른 이해가 되지 않았었는데 나이가 들고 믿음이 자라면서 감사할 줄 아는 영혼만이 행복의 향기도 마실 수 있다는 사실을 터득했다.

그 또한 긍정의 마음에서 우러나지 않는다면 불가능한 마음 자세이리라. 누구에겐가 기쁨을 줄 수 있는 생각을 실천할 수 있다면 그 마음 한 자락도 행복 바이러스를 전파하는 아름다운 행위가 될 것이다. 열악한 환경 불우한 조건 속에서도 어려움을 극복하고 기쁨과 감사의 삶을 살아가는 사람들을 볼 때마다 그들이 찾은 긍정의 영혼으로 찾아낸 감사에서 비롯되었다는 것을 깨닫게 되었다.

수시로 덮쳐오는 갈등 앞에서 서성이는 어리석은 자신을 들여다보게 되면, 몰려오는 불만과 심술은 정결한 감사를 걷어차고 남들과의 비교의 늪에 한쪽 발이 담겨있는 시간이었다. 마음이 어둡고 우울할 때 감사 일기를 써보게 되어 수없이 많은 감사한 일들이 비로소 나를 일깨우고, 내가 지니고 있는 것들 중에서 가장 빛나는 보석이라는 것을 깨우치게 되는 가슴 뭉클한 시간 앞에 서 있는 자신을 보게 된다.

하나님께서 입혀주신 귀한 달란트, 글 쓰는 소명을 갖고 15년 전 크리스천문학의 숲에 어린 묘목을 심었다.

신성종 목사님과 이건숙 사모님, 황충상 교수님께서 정성껏 물과 영양제를 주시고 우리들의 영혼도 자라서 묘목의 태를 벗고 나무의 모습을 갖추게 되었다. 문학인의 삶으로 성장해 나가는 나무들 사이로 비타민 같은 산들 바람이 불어오기를 기원해 본다.

‖ 목 차 ‖

시

남춘길 신성종 신인수
임경원 정춘미 정태광
조부경 황에스더
이향란 이용덕

눈꽃 피는 아침에 (외 2편)

남춘길

나무마다 눈꽃 핀

이른 아침

발밑에 눈송이도

노래로 화답하고

별빛처럼 흐르는

눈발 사이로

겨울이 익어간다

지쳐 있는 마음 깃을

오랫동안

남춘길

「문학나무」 수필등단, 「한국크리스천문학」 시 등단
한국크리스천문학가협회 부회장 및 운영이사장.
범하문학상, 별가람문학상 수상
한국문인협회, 한국수필가협회, 푸른초장문학회, 별빛문학회, 송
  파문인협회 회원, 크리스천문학나무 숲 운영위원.
  수필집:『어머니 그림자』
시집:『그리움 너머에는』 외
남포교회 권사.

쓰다듬어 준
겨울 햇살이
품고 있을
연둣빛 바람은
어디쯤 오고 있을까!

성숙

성숙의 그릇은
채움이 아니고 비움이다

섬김의 옷을 입고
낮아질 줄 아는
한줌
맑은 물이다

어둡고 허기진 응달로
찾아든
한 줄기 햇살이다

이별

(별이 되어 떠나간 화진 영전에)

무거운 신발 두 짝을

벗어 버리고

가볍게 날아오르려는

네 옷자락을 향하여

헛손질을 해댄

쓸쓸한 발돋움

온기로 가득했던

너와 나의 시간이

슬픔에 적셔진 아픔으로

켜켜이 쌓여

이마 위에 머물고

만지면 부서질 것 같은

깡마른 몸으로

내 등을 토닥여 주던

네 마지막 손길

하늘 문이 열려
별이 되어 떠나간
네 거처엔
꽃구름이
가득히
채워져 있겠지

차갑게 언 고드름 같은
고통의 줄기도
녹아내린 그곳에서
그리움 쌓였던
할머님을 만나 뵈었을까

심은 대로 거둔다

신 성 종

살고 보니
인생은 행복만도
불행한 것만도 아니고

확실한 것은
심은 대로 거둔답니다
좀 늦게 찾아오는
앉은뱅이지만
기회가 있을 때
사랑의 씨를 열심히 뿌려보세요
금방 아름다운 열매가

신성종

연세대학교 졸업, 총회신학교 졸업
미국 Westminster 신학교 석사
미국 Temple University 석사, 철학박사
명지대학, 아세아연합신학교, 총신교수 및 대학원장 역임
대전중앙교회, 충현교회, 미주성산교회, 월평동산교회 담임
「창조문예」에 이성교 교수와 김소엽시인 추천으로 시인등단
저서 : 신학부문『신약신학』등 100여 권, 시집 6권 출판

맺혀지는 것은 아니지만
때로는 불행의 가시가

온 몸을 찌르고
마디마다 아프게 하지만
열심히 살다 보면
행복의 열매는
마침내 맺는답니다

허니 낙심 말고
사랑의 씨를 열심히 뿌리며
참고 기다려 보세요
기대하지 않았던
행복의 아름다운 꽃의 열매가
맺혀지는 것을
당신의 눈으로 보게 될 터이니
믿음을 가지세요
행복은 오직 믿는 자에게만
찾아오는 심술궂은
앉은뱅이랍니다

좋은 꿈을 가지세요

세상엔 좋은 꿈을 가진 사람과
허망한 꿈을 가진 사람이
공존해 있답니다
허지만 남에게 해가 되는 꿈은
모두에게 불행을 가져오지만
반대로 좋은 꿈은
나와 남 모두에게 행복을
가져옵니다

불행은 성질이 급해
금방 뛰어오지만
행복은 걸음이 늦어
천천히 기어오는 앉은뱅이랍니다
그러나 떠날 때는
말없이 금방 사라지는
심술궂은 장난꾸러기입니다

인생을 살고 보니

살고 보니
인생은 허무한 꿈도
불행한 것만도 아닙니다
후회되는 일도 많고
더러는 보람 있는 일도 있지만
결국 인생은 자신의 꿈대로
되어집니다

그러니 많은 좋은 꿈을 가지세요
나와 남 모두에게
보람되고 유익한
아름다운 꿈을 가지세요
언제가
꽃 피우고
열매를 맺게 될 겁니다

길 (외 2편)

신인수

사랑이라는 말은
믿음으로 시작하지만
그 잊음은 꽃으로 남아
오늘도 내가 떠나는 길 위에 피어 있다.

언젠가 내가 다리를 건너던
강은
정확히 내가 떠나는 마음이다

내가 선택한 길도 아니지만
언젠가 떠나야 할 길이다

신인수

1993년 「자유문학」 청소년 시로 등단
한국저서:『사랑 만들기』,『꽃이 지고 있다』,『아프리커 벚꽃나
무』『화려한 키스 축제』.
미국저서:미국 이름 Philip Shin
『The Flying Flower』,『My Poem Connection』,
『Physics Poem as Love』 외 9권

길 위에 서서 사랑으로 만드는
이별이고
아름다운 그대의 눈빛이다
그리고 추억이다

잊음

믿어서 만날 날이 오겠지요
못 믿어 기다리다가
우는 날도 있겠지요

믿어서 만나야 사랑인 것을
왜 못 믿어 잊었나요

사랑은 기다림인 것을
왜 잊고 아프나요

원하지도 않고
잊어서 헤어질 날이 오겠지만
그날이 오는 것을
왜 모르고
오늘도 사랑하나요

진정

진정 그리워
사랑이 아니었나요
시작부터 마음먹고
떠나지 않았나요

너에게 남아 있던 사랑을
아직도 알고 있어
지금도 기다리잖아요

미워해서 잊자고
오늘도 나는 원하잖아요

하나만 바라보는 것이
사랑이기에
네가 떠나도
기다리잖아요

베아트릭스 포터(외4편)

임경원

영국의 동화작가 삽화가 생물학자
베아트릭스 포터

풍요로운 집안의 엘리트 여성으로
환경운동에도 앞장섰고
전 재산을 모두 사회에 환원하고
유명을 달리했다

포터는 생전에 아파서
요양원 신세를 진 적이 있었는데 그때

임경원

서울출생
이화여자대학교 초등교육과 영문과 수학
홍익대학교 국어교육과 졸업
Coleg Glan Hafren College In U.K 어학공부
월간 「조선문학」 신인상으로 등단, 월간 「조선문학」
조선시문학상 수상, 「문학과 예술」제4회 최우수 시인상 당선
「시와 예술」 신춘문예 문학대상 수상
시집:『키 작은 사과나무』『무희 무대』,『희망을 부르는 그리움』 한영대역시집『식어
　　가는 검은 입술-My Black Lip Cooling Far More』외 다수의 공저가 있고
한국문인협회, 조선문학문인회, 한국기독시인협회 회원
「창조문학」이사 「크리스천문학나무」 운영이사

포터는 정원의 토끼들을 지켜보는 것이
유일한 낙이었다
토끼들을 보면서 그림을 그리기 시작했다
아주 섬세하고 자세하고 물 흐르듯이
이 그림이 피터래빗이다

그림들은 사람들을 미혹했고
날개 돋치게 팔리기 시작했다
토끼들을 보는 것밖에 할 일이 없어서
유심히 보기 시작했고 명작을 남겼다

우리도 하나에 몰두하면 포터 같은
그림자를 남길 수 있다
환경을 탓하지 말고 기다림은 거칠어도
인내하며 진주를 캐내자

멈추어버린 시계

멈추어버린 시계
365일 똑같은 시간

가장 좋아하는 시간에 멈추어서
볼때마다 기분 좋은 사기꾼
속아도 기대감에 가득 찬 시간

고쳐보려 별짓 다해도
꼼짝도 하지 않는 시계에
구석진 한 곳에 걸고 가끔 훔쳐보며
핸드폰 시계를 마음에 달고
두 시간 사이에서 간헐적인 웃음

마음은 온통 눅눅하고 드세지만
시계는 내 마음을 눅지고
골동품인 시계에 제자리를 잃지 않고
거실은 온통 노래하며

멈추지 않고 헛노는 시계추에

시계를 감싸는 잔바람은
창밖 흔들리는 나뭇가지들과 함께
꿈틀댄다

동공이 유리알 같아

짙푸른 하늘 떠 있는 뭉글거리는 구름
끝이 없는 하늘을 가려주고 큰 숨 한번 쉬면
빈 바람은 나무에 걸려 싸늘해지고

연약한 나이의 아기
눈동자가 너무 맑아 반짝거리고
자세히 보면 깨질 것 같은 유리알
나이가 점점 완숙해지면서
나의 속을 속속들이
들여다보는 것 같아 뻘주름해
거짓말은 잠재우고 이성은 현현하다

오랜 기간 안경잡이 그리고 또 안경잡이
오랫동안 안경 없이 동공은 유리알 같았는데
다시 찾아온 안경잡이

마른 나무들의 속삭임은
봄비를 애타게 두런거린다

재닌 잔센*

재닌 잔샌은 피노키오 같다
거짓말에 코가 약간 길어진 피노키오

키 큰 남자들을 능가하는 큰 키
신들린 연주
연주를 마친 후
연주할 때와는 딴판인 얼굴

매 연주 때마다
신들린 연주자 같은 음악에로의 몰입
저렇게 심취할 수도 있구나 하는
나를 모두 가져간
파가니니를 능가하는 기교

꼼짝 않고 앉아 눈동자는 고정되고
귀는 함박 절여진다

* 재닌 잔센 – 독일 바이올리니스트

하늘을 날자

들끓는 개미들과 부러진 독버섯
아무 흔적 없는 눈 가린 마른 땅에
깨어진 밤들의 껍데기들
마구 흩어진 알맹이 없는 밤송이

프로이드는 지워진 것 같지만
마음 구석에 남아 있는 그것을
기억의 근원이라고 했다
뽑히지 않는 기억의 뿌리

선은 악을 이길 수 있지만
악은 선을 이길 수 없다
진실은 나쁜 기억을 뿌리째 뽑아내어
마음에 잔가지를 꺾어버리지만
거짓말은 결국 진실을 잃는다

하늘을 날자
하늘 꼭대기에 가파른 노래를 심자
바람과 함께 노래하자

기억의 근원이라고 내버려두지 말고
끝까지 파내려가서 앙금을 남기지 말자
하늘을 가르며 구름 따라 달려가자
그러면 잔가지도 흔들리지 않는다

엄마라는 두 글자 (외 3편)

정춘미

세상 제일 반갑고 슬픈 두 글자

엄마 소리만 들어도 눈에 맺힌 가녀린 이슬

눈물되어 흘러내리며

뜨겁게 그리움 솟아오른다

세상 길 열어주고 든든한 버팀목 되어

자식 위해 자기 몸 불사르다

서서히 죽어간 위대한 모정

이 세상 엄마보다 큰 사랑 있을까

온몸 전율 흐르고 파르르 목 메여

가슴도 울고 있다

정춘미

의정부시 문예지 당선, 전국 백일장 장려상
전국 꽃 시화전 서울시 의장상,한국다선협회 수필 금상
송강 정철문학상, 전국여성 문학대전 동시 최우수상,
한국을 빛낸 사회발전 문화예술대상, 국제환경문화 가이바
글로벌스타상 수상, 세계문인협회 수필 본상, 항촌문학 동
시대상, 문학고을 동시 최우수상
크리스천문학나무, 기독시인협회 회원, 한국문인협회 회원
현) 의정부건강가정 다문화가족센터 소속 주영광교회 권사

모진 풍파도 엄마 강하고
담대하며 거룩하다

엄마 소리만 들어도 기쁘고 힘난다
언제나 내 편이신 엄마
자식 위해 촛불되어
지금도 뜨겁게 타고 계신다

엄마는 이 세상 제일 귀하고
소중한 분이신 걸 이제야 알았습니다

안중근

완손 약지 자른
열한 명 동지들

조국을 위해
피로 쓴 대한독립

하얼빈 역
이토 히로부미 사격

탕 탕 탕
코레아우라코레아우라

이토 히로부미 죽음
세계에 알리려고

러시아말로 외치고
한국 만세 한국 만세

안중근 의사
대한의 진정한 애국열사

나도 모른다

공허한 마음
하늘 찌르고

쓸쓸한 마음
가슴 찌른다

외로운 생각
머리 찌르면

그리움 솟구쳐
온몸 아파온다

살다가 살다가
못 견디게 괴로우면

그때 한 점 먹구름되어
세상 날고 있겠지

하나님 눈에 보입니다

사람 나약함 보입니다
보이면 안 되는데
못 본 척지나가야 되는데

아직 성령 충만 못하고
너무 부족함 많아
잘못된 모습 보였나요

저러면 안 되는데
안타까운 마음
가슴 아파 옵니다

어쩔 수 없이 행하는
사람들 아부근성
자기 편한 대로

행하는 이기심 욕심
어디까지 일까요
세상 떠나는 순간까지

하나님 우리 불쌍히 여기시고
모든 죄 용서하옵시며
악에서 구원하시옵소서

세상사는 동안
이런 일 눈에 보이지 않게
하나님만 보게 하시옵소서

만추(晩秋)(외 1편)

정 태 광

따가운 햇살에
푸른 감
홍포를 입으면
모과도
황금 옷 입고
산마다 단풍은
오색으로 몸치장을 한다.

솔바람 불어
가을을 노래하니
갈대는
비비고 비비며

정대광

「한국크리스천문학」 등단,
건국대학교행정대학원 졸업,
보국훈장 광복장, 안중근기념관 홍보대사,
대한예수교장로회 광명교회 장로

얼싸안고
흥겹게 춤을 추면
떡갈나무는
화려한 옷 벗어
폭신한 이불 만들어 주지

청옥 하늘에
새털구름
사닥다리 놓으면
단풍은 빨간 옷
벗어던지고
사닥다리 오르고
오동나무는
알몸으로
육체미 자랑을 한다

황포돛배의 사랑

임아!
사랑하는 나의 임아
황포돛배 타고
강을 건너던 임아
세월은 흘러흘러
강은 마르고
황포돛배도
보이지 않네

임아!
사랑하는 나의 임아
말라버린
강둑에 앉아

황포돛배 타고
강을 건너던
임의 얼굴
그려 본다오

임아!
사랑하는 나의 임아
비 오던 날에는
우산 들고 가던 때를
그려보고
밤이면
초롱한 별을 보며
임의 얼굴
그려본다오

임아!
사랑하는 나의 임아
다시
강둑에 강물 넘쳐흘러
황포돛배 타고 갈 때까지
같은 하늘 같은 땅
어디서나
부디 부디
행복하게 살아다오

갑천 (외 3편)

조 부 경

산책로 강변을 따라
하늘 속으로 걸어갑니다
강변을 따라
걸어가는 구름처럼
하늘이 들어오고
강변을 따라
걸어가는 오리처럼
내가 날아 갑니다
오늘은 그냥
오늘은 그냥
나는 오늘 그냥
흐르는 하늘을
입고 있습니다

조부경

「크리스천문학나무」 등단
한국시인협회회원
시집 『초록비』

강

강물은 흘러 흘러 흘러간다
흐르는 세월
무엇으로 대신하랴
매일매일 흐르는
바람 따라 흔들리는
스스로 빛나는 그 길

눈

향기만으로 길이 되는
말 없어도 마음 움직여
기다림 끝에 피어나는
물 흐르는
눈 내리는
때를 따라 먼 길
가는 향기
나는 길
누군가 또 걸어가는
보이지 않는 언덕이 되고

공주 가는 길

감이 익어갑니다
가슴 속 홍시
마실 간 가을
마실 간 홍시
마실 간 가을

공주 가는 길

이고 지고 가는 감
달 달 무슨 달

어머니 사랑
감히 흐르는 생각
장롱 속 홍시

공주 가는 길
깃 세운 가을
감기 걸린 감나무

불편한 손님

황에스더

우리 집에 손님이 찾아왔다
왜 우리에게 왔을까?
우리가 좋아서 왔나 보다
우리는 너를 환대할 수 없다

사랑하는 우리 가족에게
불편한 손님이기 때문이다
나는 눈물로 다독인다
다른 곳으로 조용히 가라고

언니 오빠는 눈물로 호소한다
우리에게서 떠나라고

황에스더

「화백문학」 시 등단(2022)
한소망교회 교육목사

너를 환대 할 사람은 없다
너는 불편한 손님

수술한 언니의 건강한 모습
눈물로 감사의 기도를 드린다

아픔을 병실에 내려 놓고
고향을 찾은 오빠의 모습
영원한 안식에 감사기도 드린다
우리에게 찾아온 암(癌)은 멀리 떠났다

초겨울 (외 1편)

이향란

푸른 잎들이
갈색으로
오렌지, 붉은색으로
물들어 가는
11월에
인생의 끝이
100세라면
가을을 넘어 초겨울.

이향란

아세아연합신학대학
CTS 내가 매일 기쁘게 출연
GOODTV 야베스의 기도 출연
쉴만한물가교회 담임
그레이스선교회 대표
전도전문지도자과정 주임교수

11월

우리의 몸과 마음도 11월.
신속히 가는
세월 막을 수 없으나
영원한 세계를
준비하고 계신
창조주 하나님을
생각하면서
미소를 머금은
생명의 눈빛으로
사랑을 보낸다.

어리석은 자의 고백

이용덕

대로변 네거리에
모두가 선망하는
땅에 내 빌딩
복합 상가아파트 지어
노후를 평안히 행복을 누리리라
환상을 꿈꾸다 맞은
천둥 소나기!

상가 건물 올리던
시행사 행방불명
시행사 투자자들이
구름처럼 몰려왔다
사납게 변한 무리들

이용덕

「문예사조」 수필, 시 등단
평택대졸, 나사렛대학교 평생교육원 문창과 수료
한국크리스천문학가협회, 사회복지법인 명신원 대표이사
중앙대학교 영·유아보육교사 양성과정 강사 역임
6.25전쟁 수난의 증언 작가회 회장
대통령 표창장 수상
신풍감리교회 원로장로

건축주
내 재산 압류
복합 상가 건축 중단

사공사 행방불명
건축주 나
재산 공매당하고
빈털터리 되어
발견한 진리

"하나님보다 재산을
더 사랑했던 내가 보인다"

구부려 엎드려
회개하며 드린 고백
"제가 어리석었습니다.
주님보다 재물을
더 사랑한 이 죄안을
용서하여 주옵소서.
주님을 더욱 사랑합니다."

스마트 소설

김선자

백혜숙

홍명희

벤자민꽃

김선자

"폐에 종양이 있어요."

의사가 대수롭지 않은 듯 말했다.

"수술해야 하나요?"

"예, 종양을 제거해야 해요."

이번이 세 번째다. 그녀는 40대 중반에 유방암으로 한쪽 유방을 도려냈다. 여자의 반쪽을 잃은 셈이다. 두 번째는 직장암이었다. 직장을 잘라내고 대변 주머니를 차고 다녔다. 1년 후에 항문을 복원하는 수술을 받았다. 두 번 다 죽을힘을 다했다. 수술과 항암치료로 몸 기운이 소진하자 마음에도 우울증이 와서 툭하면 눈물이 나왔다. 5년이 지나 완치 판정받고 다시 시작하는 인생을 살기로 했다. 이전에 그토록 쫓아다니던 물질의 욕심이 다 부질없었다. 하루하루를 소중히 여기고 즐겁게 살기로 했다. 자신과 가족에게, 이웃에게 사랑을 베풀도록 애썼다. 남편과 두 딸은 잃을 뻔한 아내와 엄마를 더 소중히 여겨 그녀에게 살뜰히 대했다.

김선자

공주사범대학교 국어교육과 졸업.
중고교 교사 은퇴
「크리스천문학나무」 단편소설 신인상 등단
한국소설가협회, 한국기독교문인협회 회원
현) 햇빛교회(장로교회) 사모

그런데 암세포는 지독한 악마여서 그녀의 몸속 깊은 곳에 작은 씨앗으로 숨어 있다가 다시 싹이 터서 무서운 속도로 자랐다. 이번에는 수술을 견딘다고 해도 지금의 체력으로는 항암치료를 견딜 자신이 없다. 질긴 운명에 쫓겨 막다른 골목에 갇힌 듯했다. 거대한 태풍 전야의 공포가 회오리바람으로 몰려와 숨이 막혔다. 일찌감치 항복하고 영원히 쉬고 싶었다.

"포기할까 봐요. 사는 게 너무 고통스러워요."

"그동안 잘 이겨냈잖아. 이번이 마지막일 거야. 힘내자."

"당신과 아이들 고생시키고 병원비로 빚져서 애들 앞날을 막게 생겼어요."

"나와 아이들은 당신의 존재 자체가 힘이야. 당신이 아니면 안 돼. 환자를 살리는 건 그의 의지라잖아. 마음 단단히 먹자."

남편과 딸들을 생각하면 가슴이 미어졌다.

그녀는 아침에 일어나 안방 베란다 쪽 문을 열었다. 이럴 수가! 벤자민 나뭇가지에 새잎이 가득 나 있다. 봄이 아니고 가을인데 말이다. 그녀는 급히 뛰어나갔다. 윤기 나는 초록 잎사귀들 사이에 꽃 두 송이가 마주보고 피었다. 꽃봉오리도 둘 더 있다. 죽은 줄 알았던 나무에 짧은 시간에 그렇게 많은 새잎이 나고 꽃까지 피우다니. 벤자민과 함께 산 지 십 년인데 아직 꽃을 본 적이 없었다. 벤자민이 꽃 피는 나무인지도 몰랐다.

"어머나, 이게 웬일이니? 장하다, 고맙다."

그녀는 한참 동안 벤자민의 반들거리는 녹색 잎과 꽃을 들여다보았다. 꽃은 중심에 연둣빛이 살짝 감도는 크림색 작은 종 모양이었다. 벤자민의 생기가 그녀의 몸속으로 스며드는 듯했다.

벤자민은 십 년 전에 앞집 여자에게 안겨서 그녀에게 왔다. 플라스틱

화분에 담긴 아이 손가락 굵기의 어린나무였다. 일주일에 한 번 물만 주었는데 잘 자랐다. 큰 화분에 분갈이해 주었더니 키가 부쩍 크면서 제법 나무 둥치가 굵어지고 잎이 무성해졌다. 가끔 병충해가 있어도 잘 이겨냈다. 겨울에는 거실 햇빛 드는 쪽에 두면 초록 잎사귀들이 집안 공기를 따스하고 환하게 했다.

2년 전이었다. 그녀는 베란다에 나갔다가 경악했다. 벤자민의 가운데 큰 가지가 뚝 잘려 나가고 옆 가지 둘만 달랑 달려 있었다.

"키가 더 크면 천장에 닿겠어. 빨래 널다가 방해가 돼서 잘랐지."

"사람이 어찌 그토록 모질 수 있어."

그녀는 남편에게 언성을 높이고 씩씩댔지만 돌이킬 수 없는 일이었다.

올여름 벤자민은 온몸에 병충해가 심했다. 잎이 누렇게 마르더니 몽땅 떨어졌다. 해마다 한 차례 병충해가 생겨도 감기처럼 지나가곤 하더니 이번엔 달랐다. 그녀는 병원에 다니느라 벤자민을 돌볼 경황이 없었다. 그녀가 휘청거리며 벤자민을 잊고 있는 동안 잎이 모두 떨어져 버린 벤자민은 머리카락이 다 빠진 말기 암 환자처럼 가망이 없어 보였다. 이젠 작별할 때라고 여겨 쓰레기장으로 가져가려던 중이었다. 그런데 그 벤자민이 살아나서 꽃까지 피었다.

"엄살 떨지 마세요."

그녀는 벤자민의 말을 읽었다.

"그래, 정말 장하다. 살아줘서 고맙다."

그녀는 벤자민을 어루만지며 거듭 중얼거렸다.

잠시 용소(龍沼)에 머무는 물인 듯 (외1편)

백혜숙

　10차선 옆, 오토바이도 자전거도 맘대로 다닐 수 있는 아주 넓은 인도가 있다. 그 인도 한쪽에 간이 테이블 펴거나 화단가에 앉아 사람들을 음식도 먹고 수다 삼매경에도 빠진다.

　딸이 사는 중국 심천의 모습이다. 인구 강국답게 아무리 넓은 도로도 항상 사람들로 북적인다. 그녀에게는 그곳이 나무가 빽빽한 숲 속이다. 끊임없이 들리는 소리들, 그 소리는 분명 사람의 언어인데 알아듣질 못하니 그저 숲속 나무 사이로 또 나뭇잎을 스치며 지나가는 바람소리 같다. 처음엔 불편하고 불안하고 고독했지만 일주일 정도 지내다 보니 나름 적응이 되어 청각보다는 시각에 몰빵하고 있다.

　바라던 것이 아닌가. 자연인처럼 깊은 숲속이나 바닷가에서 홀로 한 달 정도 있고 싶었는데 굳이 내가 먹거리를 찾아 산이나 바닷가를 누비

백혜숙

2011년 크리스천문학 신인상에 소설 당선 등단
계간 「크리스천문학나무」 편집장 역임
저서:『계단을 굴러 온 김치』
현) 크리스천문학나무숲 편집장.
기독교대한성결교회 사랑과 진리교회 사모, 중보기도자.
e-mail : bstrg527@naver.com

지 않고도 사람들 사이에서도 혼자를 즐길 수 있으니. "워 스 한궈렌(我是韓國人)"가 누군가 말을 걸면 떠듬거리며 한국인(외국인)임을 알리고 자리를 피했다.

그녀는 눈빛이 깊다. 그 눈빛엔 슬픔도 기쁨도 따뜻함도 냉정함도 있다. 사람들의 부탁을 거절하지 못하면서도 다른 사람들에게 피해를 주는 일을 극도로 싫어하는 그녀는 정작 자신의 문제는 오롯이 홀로 끌어안고 긴 밤을 성전에서 눈물로 기도하며 보낼 때가 많다. 가끔은 처음 본 사람이 자신의 비밀스런 문제도 하소연도 그녀에게 쏟아 놓곤 했다. 그럴 때마다 온 마음을 다해 들어줬다. 공감 능력이 뛰어난 그녀는 70년 가까운 삶의 내공까지 더해 딱 맞는 해결책을 주기도 했다. 책임감이 강하고 명분과 사명을 중요시하는 그녀도 나이가 들수록 지치고 쉬고 싶은 마음이 쏟아 버려야 할 퇴적물처럼 마음 바닥에 쌓여 갔다.

그 사람을 만난 건, 중앙에 분수가 있는 작은 광장 주변의 벤치다. 고개를 잔뜩 젖히고 무성한 가로수 잎 사이로 언뜻언뜻 보이는 파란 하늘을 바라보던 그녀는 옆 벤치에서 자신과 같은 모습으로 하늘을 보는 사람을 발견했다. 서로 눈이 마주쳤다. 낯설지 않다. 염화시중(拈華示衆)의 미소 같은 웃음이 두 사람의 입가에 지어진다.

쇠붙이가 자석이 끌리 듯 두 사람은 다가앉았다.

"나는 한국 사람인데 딸이 여기 살아서 잠시 왔어요. 말이 안 통하는 게 불편하지만 혼자 있는 것 같고 좋네요."

"하늘이 참 맑습니다."

"내가 정말 사랑하고 아무한테도 말할 수 없는 내 아픈 문제를 털어

놓곤 하던 친구가 갑자기 저 하늘 멀리 가버렸어요. 그 친구 애들한테는 엄마는 좋은 곳에 갔으니 슬퍼하지 말라고 그곳에서도 너희를 지켜 볼 것이라고 위로하고 일이 있으면 연락하라고 했지요. 그런데 가끔, 아니 자주 그 친구가 눈물겹도록 그리워요. 그럴 땐 나도 누구에겐가 위로 받고 싶어요."

"내 아들이 저 멀리 떠났어요. 대신 손주들을 키우고 있지요. 애들 앞에서는 씩씩하게 지내고 있지만 어디 아무도 없는 곳에서 다리 뻗고 울고 싶은 때가 있지요. 며느리는 다른 사람이 생긴 것 같구요."

"나는 철없이 떼를 썼던 어린 시절의 기억이 없고 학교를 졸업한 후에는 젊음을 누릴 겨를도 없이 생활력 없는 아버지를 대신해 집안을 돌보느라 정신이 없었죠."

"나는 큰소리 치고 화를 낸 적이 없어요. 화가 나도 참다 보니 격렬하게 감정을 표현하는 기능이 없어진 것 같네요. 항상 평안해 보이지만 내 맘 깊은 곳에는 험한 파도가 치기도 하죠."

"하늘이 참 맑고 파랗죠?"

"제 귀는 하수구 같아요. 물이 아래로 흐르듯 온갖 고민들이 내 귀로 흘러 와요."

"자신이 하기 싫고 이익이 안 되는 일들은 다들 내게 밀어 버리죠."

"항상 힘든 누군가를 안아 주기만 했는데 정말 가슴 따뜻하고 듬직한 사람 품에 한번 기대어 봤으면 하는 생각도 자주 하죠."

두 사람은 늦은 시간까지 독백 같은 대화를 이어갔다. 멀리 서쪽 하늘이 석양으로 물든다. 참 아름답다. 두 사람은 동시에 그 하늘을 바라본다. 한참을 보다 약속이나 한 듯이 동시에 마주본다. 발그레 석양으로 물든 입가에 미소가 피어났다. 둘은 잠시 마주 서 허리를 깊이 숙이고 인사한 후 천천히 몸을 돌려 각자의 길을 갔다. 맘이 많이 맑아졌다. 마음 속 두껍게 쌓인 퇴적물을 다 쏟아 버리고 헹궈낸 듯이.

집에 도착하자 걱정하며 기다리던 그녀의 딸이 급히 물었다.
"엄마! 어디 갔다 이제 와? 얼마나 걱정 했는데!"
"아, 저기 분수 광장 벤치에서 어떤 사람을 만났어."
"여태까지? 누군데? 뭘 한 거야? 여기선 처음 본 사람 조심해야 해."
"아, 누구지? 여태 얘기했어, 참 편안했어."
"한국 사람이야?"
"아니."
"그럼 영어로?"
"아니. 그러고 보니 어느 나라 사람이었을까? 중국어는 아닌 것 같았는데……."

웃을까 울까 망설였다네

"엄마, 애들이 호캉스 하자네. 호텔에서 최고급 식사하고 풀장도 있고 운동도 할 수 있다고. 그냥 엄마랑 이모는 와서 푹 쉬기만 하래. 할머니도 건강하시면 모시고 가고 좋을 텐데 우선 엄마 이모가 건강해야 할머니도 잘 돌보실 거라고."

"그래라, 좋겠구나. 엄마 걱정은 하지 말고 애들 효도도 받아야지……."

민희는 모녀의 대화를 들으며 시금치를 잘게 다졌다. 어르신에게 점심 식사로 드릴 시금치 된장죽을 준비하는 중이다. 가벼운 한숨을 내쉬며 다다다닥 시금치를 내리쳤다.

호텔 방문을 열면 바로 침대가 보이고 냉장고와 테이블 정도나 있을 줄 알았는데 아이들이 예약했다는 7층 호텔 방문을 여니 널찍한 거실이 보인다.

"익스큐티브 룸? 뭐여?"

"하하, 어머니 이그제큐티브 룸이에요. executive room 임원진들을 위한 방이라는 뜻이에요."

사위가 웃으며 대답했다.

방을 휘둘러 본 민희의 눈동자가 흔들렸다. '이게 도대체 얼마짜리여? 이 돈이면 냉장고도 고치고 탈수할 때마다 온 집안을 울리는 세탁기도 새로 살 수 있었을 텐데. 물어 보기나 하지.'

"어머니, 지금부터 호캉스 시작이에요. 요양보호사로 일하시는 집 사람들이 호캉스를 떠났다면서요?"

"그래, 호캉스라고 했어……."

"어머니, 호캉스는 호텔이랑 바캉스를 합친 단어에요. 2박 3일간 마음 껏 즐기세요. 우리가 묵는 7층은 특별 층이라 라운지도 따로 있어요. 언제든 커피랑 차도 있고 드실 것들도 많아요. 수영장도 있고 휘트니스 센터도 있어요. 다 무료에요."

"엄청 비쌀 텐데, 너희 돈 들어갈 때도 많잖아?"

"걱정 마세요. 연우 엄마랑 의논해서 어머니 더 나이 드시기 전에 추억을 만들기로 했어요. 저희는 바로 옆방이니까 언제든 필요한 거 있으시면 오세요. 어머님."

"엄마, 이모도 오시라고 해. 큰이모랑 작은 이모 다."

딸네 가족이 방을 나간 뒤 민희는 천천히 창가로 다가갔다. 창문 밖으로 숲으로 둘러싸인 공원이 보인다. 그 공원들 돌며 조깅을 하거나 애완견을 데리고 산책하는 사람들이 보인다. 민희가 작은 소리로 중얼거렸다. '팔자 좋은 사람들.'

언니들에게 전화를 할까 망설이다 혼자 사는 친구 맹숙을 불렀다. 혼자 있고도 싶었지만 동네 나팔인 맹숙을 부르면 여고 동창회에 나가서 내 입으로 말하기 전에 이 호캉스를 광고해 줄 것이다. 같이 있으면 좀 시끄럽긴 해도 난 이 비싼 호캉스의 본전을 빼야 한다. 매 분기마다 모이는 동창들에게 적어도 내년 여름까지는 맹숙이 이 호캉스를 얘기할 것이다. 한 음절 한 음절 발음에 신경 쓰면서 모인 아이들에게 내뱉겠지, '너네들, 이그제큐브 룸이 뭔지 아니?' 하면서. 민희의 입가에 옅은 미소가 스며 나온다.

정말 꿈같은 2박 3일이 지나갔다. 마지막 밤 맹숙의 호들갑스런 보고가 전해지기까지.

"야, 민희야 우리가 묵은 방이 얼마짜린지 아니? 1박에 70만원이래, 70만원! 내가 프론트에 가서 확인해 봤어. 우린 150만원을 쓴 거야. 아무리 할인을 해도 100만원을 넘을 걸? 아휴, 아휴, 난 이렇게 비싼 줄 몰랐어. 네 덕분에 나도 호사를 누렸지만 진짜 비싸다. 네 사위 말야 차라리 장모님께 돈으로 좀 드리지. 근데 좋긴 좋다. 돈이 좋긴 좋았어."

민희의 속이 갑자기 전쟁이라도 난 듯 시끄러워지기 시작했다.

비싼 줄은 짐작했지만 이렇게 비싸다니.

수영장에서, 휘트니스에서 몇 시간을 보냈더니 몸은 천근만근인데 잠이 오질 않는다. '가만, 가만 지금부터 내가 뭘 해야지? 나팔 맹숙이 말고 또 조금이라도 본전을 빼야 하는데…….'

마지막 호텔 조식을 배가 터지도록 먹었다. 맹숙과 민희는 경쟁이라도 하듯 비싸 보이는 메뉴만 집중 공략했다. 맛은 둘째였다.

체크아웃 시간에 맞춰 짐을 꾸리며 민희는 호텔의 그 executive room을 꼼꼼하게 둘러 봤다.

일층 라운지, 뚱뚱해진 낡은 캐리어를 힘들게 끌고 오는 민희를 따라오던 맹숙의 다리가 갑자기 꼬이며 넘어졌다. 넘어지면서 맹숙은 본능적으로 손을 휘둘러 민희의 캐리어를 꽉 붙잡는 바람에 캐리어의 지퍼가 뜯어지며 내용물이 쏟아져 나왔다.

일회용 샴푸, 바디워시, 빗, 치솔, 음료수 캔들, 커피와 머리빗……. 거기까진 그나마 눈감아줄만 했는데 맨 마지막으로 힘겹게 가방을 탈출한 타월에 꽁꽁 싸인 헤어드라이어와 커피포트를 보자 사위와 딸 그리고 호텔 직원들은 약속이나 한 듯 조용히 뒤로 돌아섰다.

입덧이 문제야

홍명희

한 달도 안 넘어갔는데 정수리가 하얗다. 염색을 하지 않으면 요양원에서 누가 어르신인지 구별이 안 되니 머리에 신경을 쓰고 더 젊어 보이고 싶은 욕심에 요즘 MZ세대들의 머리와 패션을 따라 하고 있다.

헬스장에서 몸 관리를 해서 뒷모습은 영락없는 아가씨다. 뭐. 얼굴도 보톡스와 필러로 다리미질을 해서 쪼그라들지 않았다. 현대 의학의 힘이다. 그것이 요양원에서 먹힌다는 것이다.

칠십이 낼 모레인 요양보호사 미순이를 보고 어르신들은 아가씨 선생님이라고 부른다.

"아가씨 선생님은 진실해서 좋아. 난 왠지 아가씨 선생님이 좋아."

미순이에게 직접적으로 몇 살이냐고 물어보는 어르신도 계신다.

"제가 몇 살로 보여요?"

"내가 육십이니까 삼십 살이유?"

홍명희

성결교대학교 졸업
문학나무 미니픽션 등단
전 극동방송 상담사

팔십이 넘은 어르신들은 나이가 먹은 걸 잊는다. 구십 어르신이 육십이라고 말씀하신 것은 그나마 건강한 것이다. 보통 10대나 20대로 퇴행언제부터인지 미순이를 보면 어르신들이 임신했냐고 묻는다. 아니오 라고 대답하면 왜 아니냐고 따져서 복잡해진다. 그냥 네. 라고 대답하면서사라도 아니고 경수가 끊어진 지가 언제인데. 아니 남편이 죽어서 잠자리도 안 하는데. 킥킥킥 웃어서 넘긴다.

똥배가 나오지 않으려고 열심히 운동하는데 아무리 치매가 심해도 해산달 임신한 걸로 보이다니. 팔자걸음 때문일지도 모른다고 하면서 섭섭함과 분노 비슷한 묘한 감정이 올라온다.

가장 인지가 좋으셔서 대화가 되는 어르신까지 임신했냐고 하는 말에미순이는 심각했다. 네. 곧 해산할 거예요. 이렇게 거짓말만 하다가 천국은 갈 수 있으려나? 이실직고 임신 아니라고 해야 되나. 슬그머니 주님께 물어봐도 그분은 대답이 없다.

문제는 입덧이다. 얼마나 쑥개떡이 먹고 싶은지 눈물이 나올 지경이다.눈앞에서 쑥개떡이 왔다리 갔다리 해서 환장할 노릇이다. 해마다 직접쑥을 뜯어서 씻고 삶고 쌀을 불리고 방앗간에 가서 빻아온다.

1년 쑥 가루를 냉동실에 분배해 놓았다가 간식으로 먹었는데 올해는어찌어찌 쑥쑥 하다가 쑥을 못 뜯었다. 인터넷으로 시켜서 먹거나 떡집에 가서 사다 먹어도 그 맛이 아니다.

할 수 없이 거문도 쑥가루를 사서 먹어보니 진짜 쑥이다. 쌀을 불려분쇄기로 갈아 쑥 가루를 넣고 개떡을 했더니 그 맛이 아니다.

미순이는 때 아닌 입덧으로 고생이 이만 저 만이 아니다. 어르신들은아기를 언제 낳을 거냐고 하고 미순이는 입덧을 하고 이렇게 박자가 잘맞을 수도 있다.

"아이고 치매 전조 증상인가. 입덧이 문제야."

수 필

김　진　서철수
신진숙　유영자
이혜영　조미구

갈등

김 진

차가운 물을 틀어 놓은 채 상추를 씻는다.

휴우!

체력이 달려 힘이 들 때면 나도 모르게 나오는 소리다. 뇌에서 쉬어야 한다고 보내는 신호처럼 이따금 장탄식이 흘러나온다.

아직 신혼인 아들 내외가 들른다니 저녁을 먹여야 할 것 같아 바쁘다. 아들 며느리 생각에 마음은 즐겁지만, 며칠 동안 계속해서 잠을 설친 탓에 눈꺼풀이 자꾸만 내려온다. 그나마 손쉽게 할 수 있는 보쌈 정식을 하기로 하고 수육을 삶고 몇 가지 야채 반찬을 했다. 아들부부가 온다 해도 남편은 손가락 하나 까딱하지 않는다. 그러면 가만이라도 있지, 바쁘게 움직이는 나에게 다가와 메뉴를 물어보며 참견한다. 참 얄밉기도 하다.

아들 부부는 한 입 한 입 아주 맛깔스럽게 먹는다. 아들 녀석이야 워낙 먹성이 좋지만 며느리도 행복한 얼굴로 잘 먹으니 뿌듯하고 마음이 즐겁다.

김진

「림문학」 수필 등단
한국문인협회, 한국 수필가 협회, 산림문학회 회원
수필집 『아버지의 넥타이』

그냥 보낼 수 없어 반찬 몇 가지를 묵연히 챙겨주는데, 남편이 다시 주방으로 와서 기웃거린다. 넉넉하게 주라는 둥, 나물도 싸주라는 둥, 계속되는 남편의 잔소리가 마뜩찮아 갑자기 피로가 밀려들며 느꺼워진다. 북어무침을 꺼내니 우리는 잘 안 먹는 것이라는 엉뚱한 소리까지 하며 다 챙겨 보내라고 한다. 인내심이 한계에 부딪힌다.

'제발 주방에서 나가 주세요!'

정말이지 한 대 쥐어박고 싶어진다.

오랜 세월, 남편과 아들 녀석들을 위해 정성들여 밥상을 차렸다. 맛있게 먹고 그릇을 싹싹 비우는 세 남자들을 보면서 요리하는 보람이 있었고 신이 났다. 점점 나이가 드니 준비과정과 치우는 일이 조금씩 힘에 부쳤다. 그러던 차에 큰 녀석이 결혼을 했다. 내 나름대로 자식사랑을 맛있는 반찬 만들어 주는 것으로 표현을 한다. 남편이 굳이 나서지 않아도 나만의 솜씨와 정성을 들인 음식을 당연히 자식들과 나누며 소소한 행복을 맛 볼 참이었다. 나의 순수한 마음이 오지랖 넓은 남편으로 인해 흔들리려 한다.

선배 언니는 나에게 하지 말라고 했다. 아들 녀석이 이제 일가를 이루었으니 먹고 사는 문제는 본인들이 알아서 할 일이라고 나중에 둘째에게도 똑같이 해주어야 한단다. 한 집만 챙겨 줘서는 더더욱 안 될 것이니, 두 집 먹을거리를 어떻게 감당하려고 그러냐는 것이다. 처음부터 아예 시작을 하지 않아야 한다고 충고한다. 하지만 아이들이 아직은 끼니 챙기는 것이 서툴지 싶고 또 며느리가 아들 녀석에게 도시락을 싸서 안 긴다니 마음이 쓰였다. 아들 녀석은 상차림 사진을 종종 보내오기도 한다. 근사하고 맛있어 보인다. 요즘 젊은 층들은 무슨 메뉴든 래시피를 검색해서 요리를 곧잘 한다고 한다.

내가 유별난 것일까. 아들 며느리를 대할 때면 왠지 애틋하고 짠한 마음이 든다. 아들내외는 예식장 선정은 물론 집수리까지 모든 결혼 준비 과정을 비용도 절감해가며 합리적으로 잘 해냈다. 일 년 가까운 준비 기간을 보낸 아들은 완전한 어른이 되어 가는 모습으로 듬직함을 안겨주었다.

자식이 자라서 이십 대가 되면 부모의 보호에서 멀어지게 해야 한다고 들었다. 부모는 자식을 양육할 책임도 있지만 성인이 된 자식을 자립시킬 의무도 있다. 어린 자식은 돌봐주어야 하지만 다 큰 자식은 냉정하게 지켜봐 주는 것 또한 사랑일 것이다. 물론 부모는 자녀와의 끈을 단 번에 잘라내기가 쉽지 않으리라. 그러기에 먼저 사춘기가 되면 3분의 1 정도를 놓아주고, 공부를 마치고 취업을 하면 3분의 1을 또 버리란다. 결혼식장에서 마지막 선물로 3분의 1을 놔주어야 한다는 어느 교수의 얘기가 떠오른다. 때가 되면 자녀와 붙잡은 손을 놓을 줄 하는 부모가 지혜로운 부모라는 것이다.

자식에게 먹을거리를 만들어 주는 것은 나의 소박한 즐거움이기에 장을 보고 음식을 만든다. 식사 준비에, 들려 보낼 반찬까지 만들려면 힘이 든다. 자식을 못 미더워서라기보다는 내 자신의 만족이 우선이었지 싶다. 선배의 조언대로 먹을거리를 해주지 말아야 하는 것인가. 새로 탄생한 한 가정의 건강한 미래를 위해서 말이다. 지금 세대는 부부가 서로 도우며 식탁을 차린다. 아들과 며느리의 솜씨가 나아져가는 과정도 본인들의 소중한 삶의 한 부분이 아닐까. 가정을 이룬 자녀와는 최대한 절제된 관계를 유지하는 것이 바람직하지 싶다. 한 편으로 반찬 가방을 끌어안으며 입이 귀에 걸려 즐거워하는 아들 며느리의 모습이 눈에 아른거린다.

선택의 패러다임 (외 1편)

서 철 수

우리네 삶은 녹록치가 않다. 평온하다가도 뜻하지도 않게 거친 풍랑 속에 휩쓸려 가곤 한다. 허우적거리다가도 우연히 잡은 끈 하나에 잇대어 간신히 기어 나온다. 언제 그랬는지 하며 또 살아간다. 크고 작은 파도가 무수히 많다. 희로애락(喜怒哀樂)이 그 속에서 노래한다. 기쁨과 노여움과 슬픔과 즐거움의 주파수가 다르다 보니 반응도 다르다. 하나 환경 탓, 남 탓 이전에 자기 자신이 선택한 결과로부터 기인한 것이 대부분 아니던가. 바로 '선택'이라는 키워드가 핵심이다. 깃발을 펄럭인다. 선택!!

나의 인생을 되돌아볼 때 선택의 연속이었다.

진학 및 진로, 직업선택, 결혼 및 이혼 위기, 실직후 재취업, 만학(晚學), 은퇴, 그리고 자녀들의 문제 등 큰 물줄기를 타면서 절벽을 바라보는 것 같았고, 그 곁가지에서 파생하는 근심, 번민, 압박, 갈등, 두려움에 떨었고, 마음 졸였다.

서철수

성균관대학교 및 동 대학원 졸업, 한국침례신학대학교신학대학원 졸업(M.div),
「크리스천문학나무」 신인작품상 수필 당선 등단,
(사)한국수필가협회 회원,
수필집 『내 생각의 카페에서』, 『더 가까이 있고 싶다』,
자기개발도서 『청년의 때를 읽다』 등 다수 출간

나만 그랬던가. 누구나 다 살면서 그랬을 것이다. 이것이 인생이다.

영원한 현역 김형석 교수(당105세)께서 '살아보니 다시 돌아가고 싶은 나이는 20대가 아니고 60부터 75세까지가 좋았더라.'고 고백했다. 자식들 공부 다 시키고, 시집 장가 다보내고, 은퇴도 하고, 건강한 나이대가 바로 그때라는 것이다.

나는 공감이 간다. 그 이후는 큰 선택의 고민은 없을 것이니 '그렇겠다'라는 생각이 든다.

내 나이대도 베이비부머 1세대(1955-1963년생) 맏형으로 칠순을 갓 넘기고 있다. 이젠 늘 건강하며 소소한 선택, 신경 크게 안 쓰는 선택만이 내 주변에 포진(布陣)하고 있으면 하는 바람이다.

그런데 요즘 들어서다. 이상하게도 별스럽지도 않은 선택사항이 나를 은근히 괴롭히고 있음을 발견하고 짐짓 놀라웠다. '선택'은 크고 작은 것 없이 사람 마음속에 파고든다는 작은 깨달음을 느낀다. 평온한 마음에 돌을 던지는 격이 되니 파장과 진동이 있기 마련이다.

대표적인 사례 두 가지가 나를 갈등하게 한다.

하나는 승용차 구매와 관련한 건(件)이다. 나는 개인적으로 경차를 좋아하는 취향을 가지고 있다. 20년 남짓 타고 있다. 동기는 작은 애국심의 발로이며, 또한 '차'란 굴러가고 불편함이 없으면 족하다는 마음에서였다.

그런 가운데 아들 내외가 부모를 생각한다는 뜻에서 노년에 안전과 안락함 쪽으로 고급 중형차 구입을 힘주어 강조하는 바람에 엄청 마음이 흔들렸다. 차종을 인터넷으로 알아보고, 현물도 보러 다녔다. 마음이 많이 쏠렸던 것이다.

나와 아내는 고민 아닌 고민으로 몇 날을 보냈고, 지금도 미해결 숙제로 남아 있다. 나의 복심(腹心)은 이것이었다. 곧 노년에 고급차도 좋지만 아마 한 달 가도 2-3번 탈까? 그냥 주차장에 세워둘 게 뻔한 일인데 하는 생각과, 또 다른 생각하나는 '그래 살면 얼마나 더 살려고? 아직 건강 나이 가지고 있을 때 좋은 차 한번 타보자'는 심보가 교차했다.

선택은 자유지만 쉽게 선택할 수도 없는 상황에 이르렀다. 이제는 아들 내외는 물론 주변에서도 '좋은 차(?)' 타라는 압력이 거세다. 그래서 아직도 이 문제는 현재 진행형(ing)이다.

또 하나는 책을 출간하는 시기(時期) 문제다. 나는 개인적으로 비용을 고려하여 인터넷으로 1인 출판을 하고 있다. 지금껏 수필집, 자기개발서, 신앙서적 등 총 8권을 출간했다. 그런 가운데 지금 나는 60년대 중반 일본자위대 간부용으로 쓴 「조선전쟁」(6.25전쟁을 말함) 책자를 15년 전에 번역하고 소장하고 계시다가 최근 소천하신 이웃동네 J씨 사모님으로부터 그 번역본을 넘겨받아 1권으로 압축, 요약하여 출간 준비를 하고 있다.

작업하면서 느낀 점은 3년 전쟁의 스토리는 그야말로 「삼국지」는 '저리 가라' 할 정도로 소재가 넘쳐나고 있음을 새삼 발견할 수 있었고 세익스피어 희곡 속의 비극은 웃음거리 정도밖에 안 되는 슬픔 가득한 이야기들이 내 마음을 짓눌렀다.

문제는 출간일 선택이다. 내년 6월 호국보훈의 달을 기점으로 할 것인가? 아니면 편집이 마무리되는 대로 할 것인가? 하는 문제다. 타이밍으로 치면 내년 6월이 좋고, 뭇 사람들이 책도 안 읽는 시대상황 속에서 특하나 '전쟁 사료(史料)'를 누가 보랴 하는 관점에서 보면 준비되는 대로 발간하는 것도 바람직하다는 생각이 든다.

이번 달 말이면 작업이 끝난다. 어쩔 것인지 나는 선택의 결심을 미루고 있다.

그렇다. 사소한 것일지라도 선택은 신중하고 신중해야 한다는 사실 앞에 우리 모두는 서 있다. 어떤 물건이나 먹거리 하나 사는 것도 마찬가지다. 어쨌거나 이 모든 것은 내가 주인공이 된 선택이다. 그래서 감미롭고 기대감이 있는 것 아닌가.

반면 최근에 내 의지와 전혀 관계없는 선택도 있다는 사실에 적지 않게 놀랐다. 그것은 바로 '강요된 선택'이고 또 하나는 '선택할 수 없는 선택'이 있다는 것이다. 전자는 군대의 명령체계나 전 국민재난지원금 같은 것이고, 후자는 출생과 죽음을 말한다고 할 수 있다.

아무튼 삶은 선택의 연속이다. 살아보니 조금은 알 것 같다.

지금껏 나는 갈림길(Y로드)에 섰을 때마다 'A냐, B냐'는 압박된 선택이 주류를 이루었으나, 나이 먹어 보니 그런 선택에서 한 발 물러서서 '돌아가는 길'도 있다는 사실을 알아챘다.

뭇 후배들에게 알려줄 참이다. 창밖에 노을이 진다.

한두 사람을 넘어

우리는 살아가면서 수많은 사람들을 만난다. 스쳐가는 사람, 먼발치에서 목격한 사람, 소개로 인사 한번 건넨 사이, 서로 모르지만 어느 강의실(또는 공연장)에 함께 했던 경우, 특정 조직이나 단체, 모임 등에 등록하여 회원으로 만난 사이, 같은 취미를 공유하는 사람, 학교 친구로나 직장에서 만난 사이, 이웃으로 같은 아파트에 거주하는 경우 등등.

그런 가운데 서로 관계를 맺고 살아간다. 인간은 사회적 동물이기에 불가피하다. 외딴 섬에 혼자 살 순 없다.

그런데 중요한 것은 그 다음이다. 모든 사람이 다 자기를 지지하고, 뜻을 같이하고, 의기투합하는 관계가 아닌 데 있다. 대체로 그냥 아는 사이다. 문제는 여기에 있다. 그냥 아는 사람은 관계 낫싱(nothing)이다. 곧 관계를 맺고 있는 게 아닌 것이다.

내가 늘 생각하는 관점이 있다.

즉 한 사람을 안다는 것(깊은 관계를 뜻함)은 기적에 가까운 것이고, 행운의 깃발이고, 성공의 일익(一翼)이다. 이는 '한 사람이 천하보다 귀하다'는 성서의 언급에서도 확인할 수 있으리라.

그만큼 한 사람은 인간으로서의 존재, 가치, 존엄을 담고 있는 준거(準據)가 되기 때문에 그렇다고 본다.

한두 사람을 알더라도 깊은 관계, 공감이 되고, 의지가 되고, 믿음과 신뢰를 잇는 관계가 된다면 얼마나 좋을까.

지난날 나는 나름의 대인관계 개념을 설정하고 지내 왔다. 소위 말해 처음부터 사귈 사람을 딱 집어 관계를 맺었다. 좋게 말해서 '실용적 관계'를 지향했다.

가장 의리(義理)를 중시하던 고교시절엔 오직 P, L 친구 둘이 전부였다. 이중에도 1순위는 P였다. P와는 죽고 못하는 사이였다. 개인소유는 물론 생각과 진로까지 모든 걸 공유했다.

성인이 되어선 J 선배와 K씨와 인연을 맺었다. 나보다 한 참 연배였다. 지금은 부득불 관계가 단절되었지만 각각 10여년 정도 사귐이 있었다. 일주일에 3-4일은 같이 만났고 오랜 시간 묻어 다녔다. 오죽했으면 내 아내와 아들이 "그냥 그 집에 가서 살아라."고 할 정도였다. 그 분들의 일이라면 내일처럼 만사를 제쳐두고 해결사 노릇을 했다. 지금에 와 생각해 보면 '내가 어찌 그리 할 수 있었을까' 신기할 정도이다. 그렇게 해서 내 나이 50대 초반에까지 이르렀다.

그 후로부터는 예전의 틀에서 정반대를 지향하고 있다. 대인관계가 '실용적 관계'에서 '일부 포용적 관계'로 바뀌었다.

나이 들어가매 알게 모르게 바뀐 것이다. 쉽게 말해 처음부터 한 두 사람 깊은 관계로 들어가는 것이 아니라, 처음에 모두를 포용한 다음 그 중에서 한두 사람으로 좁혀가는 형식을 취하는 방식을 견지했다. 곧 어느 모임이든 적극 참여 정신을 발휘하고 생각의 공통분모를 가진 사람을 찾아내 사귐을 갖는 것이다. 비교적 성공적이었다. 나는 만족했다.

그러나 이 또한 편협한 마음인 줄을 안 지는 그리 오래지 않다. 한두 사람이 아니라 관계 속에 있는 모두를 품고 사랑해야 한다는 사실이다. 그 터닝 포인트가 바로 1년 전 우리 아파트 도서관 봉사하면서부터였다.

내 나이 일흔이 돼서다.

'봉사'란 "국가·사회 또는 남을 위해 자신의 힘을 바쳐 애쓰는 행위이며, 보통 스스로 나서서 하는 봉사를 자원봉사라 부른다."는 어의(語義)를 가지고 있다. 자원봉사는 라틴어 'Voluntas(자유의지)'에서 유래했다고 한다.

경험은 소중한 일이다. 특히 봉사는 경험의 최고봉에서 많은 것을 배우고 깨우치게 한다. 봉사하는 마음을 가진 후부터 나의 대인관계 관점은 '일부 포용적 관계'를 넘어 '전부 포용적 관계'로 바뀌었다. 곧 또 한 번 내가 도약한 것이다.

봉사를 통해 내가 치료받는다. 양보와 헌신을 자원한다. 이해와 관용의 마음이 커진다. 그야말로 한두 사람 사귐이 아니라 모든 봉사자들과 관계를 맺고 한 마음으로 갈 수 있어 좋다.

물론 우리네 삶이란 게 그냥 대충대충 사람 사귀고, 그냥 그럭저럭 살면 살아진다.

그러나 그런 삶이 내 자신에게 무슨 유익이 있으랴. 그런 삶은 이기적이고 자기중심적 삶이라고 본다. 아이러니하게도 대다수 사람들이 이렇게 살고 있다. 이것이 문제의 발화점이다. 때문에 갈등하고, 사회문제화되고, 각박한 세상을 탓하는 것이 아닐까?

누군가로부터 '세상에서 가장 힘들고, 마음 아프고, 고통스러운 것이 사람과의 관계다'라고 들은 기억이 있다. 나는 공감한다. 그것이 가족과 친척을 넘어 이웃과의 관계 역시 그렇다.

하나 장점만을 꼽아보고 조금 흠이 있더라도 덮고 넘어가면 다 좋게 보인다. 관계의 깊이와 폭도 얼마든지 진전된다. 내가 도서관 봉사하면서 크게 느낀 점이 바로 이것이다. 이제 난 한두 사람을 뛰어 넘어 넓은 바다를 품고 있다.

내 아내가 도서관 봉사 갔다 온다면 무조건 지지하고 오케이 사인을 보낸다. 힘이 절로 생긴다. 기분도 업(up)되고 사는 보람도 업(up)된다. 노년에 이런 기쁨 어디서 얻으랴.

관광 상품은 오직 복음!(외 2편)

신진숙

평생 농사를 짓고 사는 촌로의 소에 대한 사랑과 주인의 배려와 사랑에 자신의 전체를 바치는 노쇠한 소의 이야기를 그린 다큐멘터리 영화 워낭소리가 200만 관객을 동원하는 가운데 그 영화 촬영지인 경북 봉화 마을의 관광지화 계획이 알려지면서 이를 둘러싼 논란이 있었었다.

영화 흥행의 힘을 빌려 촬영지를 상업화하려는 것은 제작 의도와 어긋난다는 비난의 목소리가 높았지만 주인공 할머니는 오히려 단체가 시간 맞춰서 온다면 좋지, 화장실도 변변치 않은데 하고 걱정까지 하셨다는 글을 읽었다.

자신들의 일상이 관광객들에 의해 지장을 받아도 좋다는 말이다.

작년 연말의 일이다. 우리 황토방 교회도 서울서 단체 관광객이 왔었다. 관광버스 1대에 어린이 22명 어른 6명이다.

그들의 관광코스는 양평 황토방 교회와 대명콘도 눈썰매장이었다.

신진숙

수필 작가
황토방교회 은퇴 목사
shin55201@daum.net

　서울 k초등학교 5학년 자기 반 아이들 모두와 그 학부모들인데 방학을 맞아 양평에 사시는 선생님 댁을 방문하고 눈썰매장에서 5학년 마지막 추억을 만드는 것이었다. 예수 믿는 담임인 황토방 교회 김 집사가 그 절호의 기회를 놓칠 리가 없었다. 이미 여름 방학에 놀려왔던 아이들이 반 홈피에 올렸던 아름다운 시골 교회 전경은 도심에 찌든 아이들의 호기심과 기대감을 불러일으키기에 충분했었고 어떻게 하든 자기반 전체의 복음화를 위해 안타깝게 기도하던 김 집사의 기도가 하늘에 상달되어 불교신자 관광버스회사 사장인 그 반 학부형의 마음이 움직여 교회 개척 이후 처음으로 관광버스까지 대절해서 아이들 단체가 몰려왔었다. 멀리까지 가서 전하지 못해도 자기들 발로 찾아온 그들을 결단코 거저 보내선 안 된다는 비장한 각오로 목사는 입술이 탔지만 아이들은 일상을 벗어난 자유함 때문인지 끝없이 재잘거리고 행복해했었다.

　그날 하루 학원가는 막중한 일까지 포기하고 양평까지 온 서울 아이들에게 구원의 확신과 천국에 대해 짧은 시간 안에 전해야 하는 버거움도 있었지만 진지하게 경청하던 그들의 눈망울을 잊을 수가 없다.

　이 세상에 태어나기 전, 있던 곳인 엄마 뱃속에서 또 다른 세상인 이 세상이 존재하듯 이 세상 너머에는 영원한 세상인 하나님의 나라가 있음을 전하고 그곳은 오직 십자가에서 우리 죄를 대신해서 벌 받아주신 예수님을 통해서만 갈 수 있음을 혼신의 힘을 다해 전했다.

　교회서 준비한 초콜릿과 음료수 캔 한 개 씩 받아들고 그들은 왁자지껄 그렇게 떠들며 떠나갔다.

　종일 친구들과 함께 한 눈썰매장의 추억도 잊지 못하겠지만 스치듯 지나간 관광코스였던 황토방 교회에서 뿌려진 복음의 씨앗은 언젠가는 싹이

나고 꽃이 피고 열매를 맺게 될 것이다.

　그 날 자기의 아이들 모습을 비디오에 열심히 담던 엄마들도 그리고 어릴 때는 교회를 다녔다고 고백하면서 고맙다고 인사하던 관광버스 회사 안주인도 모든 어린아이들도 하나님 품으로 돌아올 때까지 우리 황토방 교회를 그들에게 양평의 관광코스로 개방하기를 주저하지 않을 것이며 이 세상에서 가장 귀한복음을 관광 상품으로 그들에게 소개하기를 멈추지 않을 것이다. 사명이 끝나는 그 날까지.

아름다운 사람

벌써 30년이 훌쩍 지난 옛이야기지만 내가 생각해도 참 철딱서니가 없었다.

1990년 6월, 그때 나는 오랜만에 어렵게 휴가를 내어 내 어린 시절 자랐던 남쪽 지방으로 여행을 떠났다. 그 여행지 끝자락에서 나는 대단한 결심을 하고 안동으로 향했다.

초대를 받은 것도 아니고 안면을 튼 사이도 아닌데 소극적이고 소심했던 내가 어디서 그런 용기와 배짱이 생겼는지 모른다.

단지 눈에 번쩍 뜨이는 동화 '강아지똥'을 만난 감동 때문에 친구가 구해준 잡지에서 읽은 작가에 대한 단편적인 지식만 가지고 산골 작은 집에서 홀로 병마와 씨름하면서 동화를 쓰는 권정생 선생을 무작정 만나러 갔었다.

실로 무모하기 짝이 없는 행동이었다. 기차를 타고 버스를 갈아타고 하루 몇 번만 버스가 들어가는 면 단위의 작은 촌 동네가 그분이 살던 곳이었다.

전날 밤잠도 설치고 점심도 굶고 어렵게 찾아간 집은 마을 끝자락 언덕배기에 대문도 없는 작고 초라한 오두막이었다.

댓돌 위에 검정 고무신이 가지런히 놓여 있는 안을 향해 목청을 높여 몇 번을 부른 후에야 마당과 접한 여닫이 창호지 문이 빼꼼 열리더니 책에서 보던 까맣고 조그만 얼굴이 나타났다. "누구세요?" 언론을 자극히 기피하던 권선생이 혹시 또 귀찮게 취재를 온 기잔가 해서 잔뜩 나를 경계하는 모습이 역력했지만 힘이 하나도 들어가지 않은 조용하고 낮은 목소리와 순박해 보이는 그분의 모습에 나는 마음이 턱 놓였다.

"저 며칠 전에 선생님께 편지했던 사람인데 서울에서 왔는데……."

그분에게 편지하는 독자들이 한두 사람이 아닐 텐데 나는 마당 한가운데 서서 더듬더듬 내 소개를 하기 시작했다.

"혹시 고덕에 사시는 분이세요? 내가 답장을 했는데."

이게 웬 횡재인가! 몸이 아파 거의 독자들 편지에 답장을 못 해주고 산다는 권선생이 여행하는 동안 집으로 답장을 주셨고 고덕에 산다는 것까지 기억하시니 감격해서 나도 모르게 방문 바로 앞에까지 바로 돌진을 했다.

"좀 들어가면 안 될까요 선생님?"

많이 지쳐 보이는 손님을 마당에 세워두기 안됐는지 잠시 망설이던 선생님은 마지못해 방으로 들어오라 하셨다.

선비 정신이 살아 있는 안동 땅에 남녀가 유별한데도 감히 방안까지 쳐들어와서 앉은 철딱서니 없는 이 여자 손님을 어떻게 하면 좋을지 몰라 선생은 굉장히 난감해하는 표정이셨다. 나 또한 그런 눈치는 있는지라 선생을 모시고 얼른 밖으로 나와서 이야기하고 싶었다.

그래서 물었다.

"점심을 드셨나요 선생님!"

"버얼써 먹었어요."

선생은 내 속셈도 모르는 것 같았다. 그 쪽의 사정도 제대로 모르고 무작정 찾아갔기에 이런 상황을 미처 그려보지 못해서 나 또한 민망했다.

더 이상 그 방에 염치없이 머물 수는 없는 노릇이지만 그 먼 곳까지 가서 그냥 오기엔 너무 억울했다.

꼼짝 않고 계시는 선생을 움직이려면 엄살이라도 부려야 했다.

"제가 나가서 식사 대접하고 싶었는데 식사를 하셨다니 할 수 없지만 저는 지금 배가 몹시 고파요."

그렇게 말했으면 선생이 주섬주섬 챙기시고 나가자고 할 줄 알았는데

"여기는 시골이라 먹을 데가없어요."

그러더니 이리저리 서랍을 뒤지셨다. 뭔가 손님을 대접할 것을 찾으시는 듯.

드디어 한 서랍 안에서 라면 봉지가 나왔다.

라면이라도 끓이시려나 보다. 그런데 라면 봉지에서 나온 건 라면이 아니라 알사탕 두 알이었다. 봉지 속에서 알사탕 두 알을 뭔가 대단한 것을 발견하신 것 같은 표정으로 너무도 당당하게 주시기에 나는 두 손으로 공손하게 그것을 받아야만 할 것 같았다.

그러나 공손한 태도와는 반대로 입에선 나도 모르게 불쑥 이런 말이 튀어나왔다.

"배가 고픈데 빵을 주시지 왜 사탕을 주세요?"

권 선생님과의 인연은 이렇게 시작이 되었다.

그날은 알사탕 두 알로 요기를 하고 얼른 그 집을 나와야 할 것 같았다. 나이가 들었어도 결혼을 안한 총각이 처음 만난 여자와 한 방에 있는 것이 그분에게 너무 불편해 보였다.

이런 사태가 벌어질 줄 모르고 나는 안동 장날의 장터에 선생과 같이 가서 국밥도 사먹고 엿치기도 하는 상상을 했었는데 선생이 묻처럼 꼼짝

을 않는데 내가 아무리 파도인들 무슨 소용이 있겠는가!

지나가는 트럭이 있으면 타고 가면 좋겠다는 선생의 말을 일축하고 택시를 동네 아래 교회 앞으로 불러서 아쉬운 작별(나혼자만)을 하고 그곳을 떠나왔다.

그리고 한 달쯤 지나서 나는 다시 안동 일직면 송리 조탑동에 있는 그분을 찾아갔다. 엄마가 해준 장조림과 그분의 동화에 자주 소품으로 등장하는 쥐포 한 봉지, 그날 먹은 사탕 두 알을 갚기 위해 사탕 한 봉지와 롤케익을 샀다.

별로 나를 반기지는 않았지만 그날은 아동문학의 대가인 그분 앞에서 내 동화를 읽어주고 그분이 해주시는 말씀도 들었다.

가장 한국적인 것이 가장 세계적인 것이라는 말씀이 아직도 기억에 남는다.

그 동네에 아예 방을 얻어놓고 선생을 만나기 원하는 처녀도, 취재차 방문한 여기자도 모질게 돌려보내는 분이 그래도 나한테는 참 후하게 대접해주신 것 같아 너무 감사했다.

내가 기독교인이고 무엇보다 권선생님의 동화를 사랑하고, 그분의 눈물 어린 영혼을 사랑하는 걸 그분도 아셨나 보다.

그 후에도 편지로, 전화로 선생님과 계속 좋은 관계를 이어갔다.

우리 엄마가 많이 아프셨을 때 그분은 동네 아주머니가 산에서 꺾은 마른 고사리를 한가득 사서 보내주셨고 내게는 자신의 신작 동화도, 어떤 때는 서점에 갔다가 한 권 더 샀다고 하며 좋은 책을 보내주기도 하셨다.

맨 처음 내가 보냈던 편지의 답장에,

'부디 세상을 아름답게 살라고 영원히 행복 하라고'

빌어주시며 개울가에서 찾았다고 보내준 네잎 클로버는 지금도 예쁘게 코팅을 해서 보관하고 있다.

신학 공부를 마친 후 사역의 어려움을 가끔 토로하면 그분은 빛이 들어가면 어두움은 물러간다고 하시면서 어디서나 빛이 될 것을 말씀하셨고 하나님도 가난하시고 예수님도 가난하신데 사람은 왜 끝도 없이 가지려고 하는지 모르겠다고 가슴 아파하셨다.

평생을 병으로 가정도 이루지 못하고 사시며 동화를 쓰셨고, 자신을 위해서는 지극히 청빈하게 살면서 모은 많은 유산과 인세를 지구촌 가난한 아이들을 위해 모두 남기고 떠나신 사랑의 사람!

거짓과 위선과 술수가 난무하는 세상에서 예수의 사랑을 입으로만 아닌 온몸으로 실천하신 나의 영원한 스승 권정생 선생님.

하나님은 맑고 순수한 그분을 혼자만 차지하고 싶어서 산골에 꼭꼭 숨겨두신 게 아닐까?

산골짜기에서 병들고 가난하게 홀로 사셨지만 그분은 세상을 비추는 빛이셨다.

어둠이 점점 짙어가는 이 세상에서 칠흙 같은 어둠도 빛이 들어가면 물러간다고 가르쳐 주셨던 선생님!

빛이 들어가면 어둠이 쫓겨가게 되겠지요 선생님!

정말 어둠이 물러가게 되겠지요, 선생님!

곰 인형의 추억

그때가 20대 초반이었으니 벌써 50년 전의 일이다. 토요일이었고 그날 나는 종로에 있는 감리교회에 친구를 만나러 갔었다.

그 시간은 청년회 예배가 끝난 후였고 잔디밭에는 교회 청년들이 빙 둘러앉아 담소를 나누고 있었다.

더러 나를 아는 여자애들이 알아보고 아는 척을 했는데 친구의 모습은 보이지 않아서 나는 그들에게 더 가까이 가기 위해서 더듬더듬 잔디밭으로 들어갔다.

"오늘 교회에 안 나왔어! 온다고 약속했었니?"

누군가 그렇게 물었을 때 그 자리에 앉아 있던 남자 청년 하나가 갑자기 고개를 뒤로 젖히더니 나를 빤히 올려다봤다.

당시 유행하던 박스 티셔츠에 짧은 미니스커트를 입어서 조심스럽게 다가가던 나는 놀라서 그 자리에 멈칫 서버렸는데 그 애가 대뜸, "당신이 진숙이야?"하고 물었다.

어느 한군데도 어수룩한 구석이 없는 뺀질뺀질한 얼굴을 한 녀석이 너무 무례하게 구는 것 같아서나도 모르게 "그래 내가 진숙이다. 너는 누구야?"

내 대답이 사뭇 도전적이었든지 차돌 같은 그 애는 내 말에 대답 대신 '히힛'하고 웃었다.

대답 안 해도 모습에서 그 애는 내 친구에게 들었던 청년회에서 유명한 독설가라는 걸 당장 알 수 있었다. 그날은 내 친구의 생일이었고 당연히 교회에 왔겠지 하고 약속 없이 나는 그곳에 갔던 것이다.

그 남자애가 친구 집에 갈 거면 자기도 같이 가자기에 이사 간 내 친구 집을 안다는 그 애랑 동행하기로 했다. 가난한 내 친구의 집은 월계동이었고 그 당시 성북까지 가는 전철을 타고 종로에서부터 한참을 가야 했다. 같이 가는 동안 그 애에게 독설가 같은 모습은 전혀 찾아볼 수 없었다. 말투도 단정했고 나름 예의도 바르고 영리했다.

사람이 꽤 붐비는 전철 안에서 나를 잘 보호했고 안전하게 지켜주려고 애를 썼다.

그런 그 애가 '너 그러면 천국 못 간다'고 책망하는 교회 아주 높은 분에게 '네, 저 천국 못가는데 아마 지옥문 앞에서 우리 같이 만날 겁니다.' 라고 했다는 말이 도무지 믿어지지 않았다.

그 말은 교회 청년들 사이에 한동안 유행어가 되기까지 했다고 한다.

그날 둘이서 무슨 말을 했는지는 생각나지 않지만 우리는 꽤 의기투합했던 것 같다.

먼 거리를 가는 동안 내내 유쾌하고 편안했었다는 기억밖에 없다. 처음 만났지만 전혀 지루한 줄 모르고 성북역까지 무사히 도착했다.

문제가 된 것은 성북역에 도착했는데 짐칸에 큰 곰인형이 그대로 놓여 있었던 것이다. 지금은 전철 안에서 잃은 물건은 다 찾을 수 있지만 그때만 해도 잃어버리고 간 물건은 누군가 주워가도 큰 허물이 되지 않던 때였던 것 같다.

내 눈이 짐칸 위에 누워있는 곰 인형에게 계속 꽂혀 있는 걸 본 그 애가 사람들이 다 내릴 동안 기다렸다가 가져가는 사람이 없자 민첩하게 다가가서 곰 인형을 가져다 내 품에 안겨줬다.

전철에서 내리자마자 나는 곰 인형을 안고 한참을 달렸다. 그렇게 신나게 달리다가 나는 그만 길바닥에 팍 꼬꾸라지는 사고를 당했다. 무릎이 깨지고 피가 나고 상처가 쑤셨다. 그 애가 발 빠르게 약국에 가서 소독약과 바르는 연고를 사오고 나는 친구 집까지 가는 동안 그 애를 의지하고 가서 숙련된 그 애의 치료를 받고 집으로 돌아온 기억이 어제 일처럼 생생하다.

나는 그 곰 인형을 오랫동안 가지고 있었지만 그 날의 부상으로 겨울이면 한 번씩 오른쪽 무릎을 심하게 앓았다. 그 당시 그 애는 마산 집에 내려가 있는 나에게 데모로 최루탄 가스가 날리는 학교 안에서도, 방위병 훈련을 받으러 가서도 수시로 편지를 보내왔다.

여름 방학이면 여행 중에 마산 우리 집에 들리기도 했었다. 그리고 젊은 애가 어쩜 밥을 반 공기밖에 못 먹느냐고 우리 엄마의 걱정을 듣기도 했었다.

지금은 인도네시아에 가서 사는 그 애가 언젠가 서울에 와서 나를 한참 찾았지만 출국하기 전날 밤에 겨우 연락이 닿았었다. 안타까웠지만 엄마가 많이 아프실 때라 정신이 없어서 긴 통화는 못했다. 단지 잘가라고 했고 건강 하라고 하면서 그 친구와 그렇게 아쉬운 작별을 했었다.

며칠 전 안방에서 넘어져 왼쪽 발목 복숭아뼈가 골절이 되었다. 통깁스를 하고 집안에서도 목발을 짚고 생활하면서 왜 50년이 지난 그때 일이 갑자기 생각났는지 모르겠다.

그때는 심하게 넘어져도 약으로만 며칠 치료했던 20대 청춘이었지만 지금은 안방에서 미끄러져도 뼈가 부러져서 통깁스를 하는 나이가 되었다. 그래서인가 풋풋했던 그 시절 곰인형 때문에 친한 친구가 되었던 그 애가 생각이 난다.

독설가라고 불리었지만 속마음은 누구보다 따뜻했고, 까칠했지만 언제나 옳은 자의 편에 서서 행동했던 그 애가, 이제는 반백의 노신사가 되어 있을 그 애는 어떻게 변했을까?

세월은 쉬임없이 흘렀지만, 50년 세월도 엊그제처럼 소환하고 나는 오늘 추억에 잠긴다.

내 친구 이야기 (외 3편)

유영자

순영이를 만난 것은 기숙사에 입사하던 첫날이었다. 기숙사 문 앞에 택시를 세우고 짐을 다 내릴 무렵 상큼한 여대생이 나타났다.

"같은 기숙사 식구가 된 걸 환영해요,"라며 그녀는 환한 웃음을 날렸다. 그리고 내 이불 보따리를 번쩍 들고 앞장을 섰다. 그녀의 명랑하고 친절한 행동에 잔뜩 긴장되었던 마음이 활짝 열렸다.

명덕 학사는 그 옛날 시골교회 목사님 자녀들로 서울에 기거할 곳이 없던 학생들만 들어갈 수 있는 기숙사였다. 미국 선교사들이 운영하던 곳으로 기숙사비가 정말 쌌다. 나는 아버지가 농사꾼이라 자격 미달이었다. 목사님의 추천서를 제출하고서야 겨우 입사를 하게 되었으니 말이다. 알고 보니 순영이도 장로님 딸이라 목사님 추천서를 들고 나보다 이틀 먼저 입사한 친구였다.

유영자

「크리스천문학나무」 수필가 등단,
크리스천문학나무 수필가 등단
저서:『양말 속의 편지』, 『24가지 동화로 배우는 하나님 말씀』
　　　엮음
MBC 문화방송 신인문예상 수상.

나는 대학생이 될 때까지 이렇다 할 만한 친구가 없었다. 초등학교 3 번 중학교 2번, 고등학교,2번씩이나 전학을 다니다 보니 새로운 환경에 적응하느라 친구들을 사귈 기회를 놓치고 말았다. 그래서 할 수만 있다 면 대학생활과 기숙사에서 성실한 우정을 맺으며 많은 친구들을 사귀고 싶었다. 특히 순영이와는 서로 사랑하며 친하게 지내고 싶을 정도로 마음에 들었다.

그 당시 순영이는 K대학교 약학과 학생이었다. 원래는 성악과를 지망했으나 실패, 다시 전공을 바꾸어 도전을 했다는 거다. 그래서인지 순영이는 성악가 못지않게 노래 실력이 월등했다. 나도 한때 음악가의 꿈을 꾸어 봤던 터라 그녀와 나는 찰떡궁합이었다. 훗날 순영이와 나는 행사마다 초대되어 꽤나 이중창을 많이 부르러 다녔다.

기숙사에 입사한 그날부터 친구가 된 순영이와는 오래된 친구처럼 가까워졌다. 휴일이면 등산, 극장 합창 전시회까지 붙어 다녔다. 우리는 같은 영화를 좋아했고 같은 이야기에 키득거리며 장난을 쳤다. 그녀의 적극적인 태도가 어느덧 내게도 전염되었다. 어리버리하고 부끄러움이 많은 촌순이에게는 매우 바람직한 일이었다. 그녀를 닮아가는 내가 만족스럽기까지 했다.

어느 날 순영이가 느닷없이 나를 다방으로 끌고 갔다. 그녀는 김이 모락모락 올라오는 커피 두 잔을 시켜 놓고 말을 할 듯 말 듯 내 눈치를 살폈다. 아무래도 남자 친구 이야기를 할 모양이었다. 아니나 다를까 그녀가 커피 잔을 만지작거리며 고백을 했다.

"사랑에 빠질 줄은 몰랐는데 그 남자의 적극적인 태도에 끌려 다니다 보니 내 이상형인 것 같아 앞날을 약속했어. 그러나 우리 둘의 우정은 변함없어."

　순영이가 말하는 그 남자는 어느 소도시 재벌 집 장남이라고 했다. 그 후 그녀는 사랑에 불이 붙어 모든 일에 소홀했다. 그 남자와 데이트를 하고 돌아올 때면 늘 선물을 양손 가득 들고 왔다. 옷 핸드백 구두 액세서리……. 신데렐라 공주로 점점 변해 갔다. 나에게 그 남자를 소개했다. 내 마음에는 들지 않았다. 내 친구가 아까웠다. 재벌 집 장남이라는 말에 순영이가 눈먼 장님이 될 줄은 정말 몰랐다. 내가 빼내기에는 순영이가 너무 깊이 빠져 있었다.

　얼마나 지났을까? 순영인 재벌 집 장남의 속삭임에 학교엔 휴학계를 내 던지고 기숙사를 빠져나갔다. 순영이 태도가 너무나 완고해서 가로막을 수가 없었다.

　그 사이 외로워진 나는 공부에만 매달려 무사히 졸업을 하고 취직까지 했다. 직장생활 2년이 지나자 나에게도 남자가 생겼다. 세상에서 제일 가난한 남자가 나를 탐낸 것이다. 거기다 군 미필자라는 딱지까지 붙어 있었다. 그와 나의 가난의 무게가 수평을 이루기에 그것을 천생연분으로 여기고 결혼을 결심했다. 그리고 막장 드라마의 주인공처럼 결혼 이틀 만에 남편을 논산 훈련소로 보냈다. 대신 혼수 예단 예물 다 생략하고 예식만 올렸다. 내 결혼식에 순영이가 달려와 친구 노릇 언니 노릇 엄마 노릇까지 몸 바쳐 도와주었다. 남편이 군대 입대하고 나자 나는 공중화장실을 이용해야만 하는 달동네에 한쪽 콧구멍만한 집을 얻어 소꿉장난 같은 살림을 하며 직장을 다녔다. 요즈음 새댁들은 아기 낳기를 싫어하는데 나는 어쩌자고 남편도 없이 혼자 덜컥 아기까지 낳는 용감한 일을 저질렀는지 지금 생각해도 기가 막히다.

그 무렵 순영이는 다시 복학을 하고 왕성하게 학교 활동을 했다. 우리나라 전체 약학대학에서 음악회를 하게 되었는데 그녀가 K대학 대표로 무대에 서게 되었다는 연락이 왔다. 젖먹이를 떼어 놓을 수 없었던 나는 마음속으로 가장 큰 꽃다발을 보냈다. 그 뒷날 순영이가 찾아왔다. 한 손엔 장미꽃 백송이 또 한 손엔 연주회 날 입었던 초록색 드레스를 들고서 말이다. 꽃병이 있을 리 없는 나는 입이 제일 큰 냄비에 물을 가득 담아 장미 백 송이를 꽂아 놓았다. 순영이는 스팽글이 반짝이는 초록색 드레스를 갈아입고 내 앞에서 노래를 불러 주었다. 김성태 곡인 꿈길이었다. '꿈길밖에 길이 없어 꿈길로 가나……' 만날 수 없는 임에 대한 애절한 곡을 어찌나 처절하게 잘 부르던지 나는 그만 감동이 벅차올라 목놓아 펑펑 울었다.

그 후 순영인 휴학 복학을 반복하며 겨우 졸업을 했다. 그리고 병원 밀집 지역에 대형 약국을 오픈하고 사장 노릇을 했다. 손님이 차고 넘쳐 돈을 긁어모았다. 그러나 백수가 된 남편이 돈을 모두 빼다가 주식에 투자를 했다. 거기다 돈을 뿌려가며 바람까지 피웠다. 주식 투자에 밀어 놓은 뭉치돈은 단방에 물거품이 되어 흔적 없이 사라졌다. 그래도 정신 차리지 못하고 돈 냄새 맡는 즉시 빼다가 주식을 일삼았지만 십원 한 장 건지지 못하고 모두 날려 보냈다. 나중엔 아파트까지 주식 투자로 날리고 알거지가 되고 말았다. 다행히 우리가 단독 주택을 마련하여 살 때라 순영이네를 우리 이층으로 불러들였다. 그리고 3년 동안 우리 집에서 더부살이를 했다. 나는 백수 인간한테 화가 치밀어

"이런 썅! 재벌 집 장남이라는 놈이 이럴 수가 있어? 재벌이긴 한 거야?"라며 혼자말로 욕지거리를 퍼부었다.

제 버릇 개 못 준다고 했던가! 백수는 끊임없이 돈만 보면 사고를 치고 외도를 일삼아 도저히 살 수 없어 결국 이혼이라는 서류에 도장을 찍고 헤어졌다. 엄청난 스트레스와 마음고생에 시달린 순영이는 그만 뇌종양이라는 암에 걸려 겨우 목숨을 건졌다. 그러나 안타깝게도 후유증으로 청각 장애인이 되어 좋아하는 음악소리도 사랑하는 손자들 목소리도 듣지 못하고 살고 있다. 이제는 그녀도 나도 인생의 내리막길에 서 있다. 그렇지만 우리 둘이 만나면 명덕학사로 추억 여행을 떠난다.

"같은 기숙사 친구가 된 걸 환영해요."

내 이불 보따리를 번쩍 들고 앞서가는 순영이 뒤를 따르는 내 모습이 안막에서 어른거린다. 우리는 만날 때마다 "순영아 영자야" 이름을 부른다. 지금도 우리는 그런 사이다.

어디로 갔을까? 내 기억

남편 대학 동창 부부 모임이 있는 날이었다. 약속시간보다 5분 늦게 도착하니 자리가 꽉 차 있었다. 평창에서 올라온 백과 씨 옆에 가서 앉았다. 백과 씨가 인사를 건네며 비밀스럽게 작은 소리로 속삭였다.

"소식 들었어요? 김 회장 부인인 혜자 씨가 치매래요."

"어머! 어떡해요? 그럼 오늘 못 나오겠네요."

걱정하며 소곤거리는데 김 회장이 혜자 씨 손을 이끌고 나타났다.

"안녕들 하세요?"

김 회장은 가볍게 인사를 건네며 여자들 틈에 그녀를 앉혔다. 그리고 그는 평소처럼 남자들 틈에 가서 앉았다. 여자들은 모두 얼음이 되어 혜자 씨 눈치를 살폈다. 그녀는 초점 없는 눈동자로 멍하니 입을 꾹 다물고 앉아 있었다. 충격을 받은 여자들은 놀라움에 할 말을 잃고 서로 안타까운 눈길만 주고받았다.

혜자 씨! 그녀는 남편 동창 모임에서 가장 빛나고 아름답던 여자였다. 결혼 전 미스코리아 대회에서 미스 경기 인천 미로 선발되어 많은 활동을 하며 사랑을 받았다. 그래서 평범한 우리들 틈에 끼면 눈에 확 띌 정도로 빛났다. 그랬던 그녀가 치매라니 보고도 믿기지 않았다. 혜자 씨는 누구와도 눈을 마주치지 않고 영혼이 빠져나간 모습으로 멍하니 앉아 있어서 마치 딴 사람 같았다. 음식이 줄지어 나왔다. 입맛까지 잃어버린 회원들은 수저를 들려고 하지 않았다. 그때 혜자 씨가 며칠 굶은 사람처럼 달려들어 음식을 모두 자기 앞에 끌어다 놓고 허겁지겁 먹기 시작했다. 우리들은 말리지도 못하고 눈물을 글썽이며 지켜만 볼 뿐이었다. 그녀는 음식을 다 먹고 나자 이번엔 상 위에 있는 쌈 채소를 모두 걷어 빽속에 쑤셔 넣었다.

예의 깍듯하고 매너 최고였던 우아한 혜자 씨는 어디로 갔을까?

섬섬옥수 고운 얼굴로 주위를 밝히던 예쁜 미소는 모두 어디로 사라졌단 말인가!

모두들 내 일처럼 가슴 아파하는데 갑자기 그녀가 자리에서 벌떡 일어났다. 눈치 빠른 친구가 화장실로 데려다주었다. 그런데 20여 분이 지나도록 그녀는 돌아오지 않았다. 걱정이 되어 쫓아가 보니 아니 이럴 수가! 볼일을 보고 팬티 올리는 걸 잊어버린 그녀는 아기마냥 아랫도리를 벌겋게 내놓고 마냥 서 있는 게 아닌가?

그것도 화장실 문을 활짝 열어 놓고서 말이다. 그날 우리들은 충격에 빠져 헤어나지를 못했다. 치매는 예고 없이 찾아올 수 있는 질병. 나를 잃어가고 기억이 지워져 가는 형벌 같은 질환 얼마나 우리를 슬프게 하는 병인지 미처 몰랐었다. 도대체 그녀의 잃어버린 기억을 어디서 찾아다 줄까? 오래 사는 것이 복이고 감사한 일만은 아닌 것 같다.

김 회장은 서서히 시작된 치매라 정들었던 모임에 데리고 나오면 조그마한 기억 쪼가리라도 불러내지 않을까 싶어서였다며 한숨을 쉬었다. 그러면서 옛날 노래도 들려주고 어릴 때 살던 마을도 가보고 신혼생활 했던 집도 찾아다니며 회상을 하지만 잃어버린 기억은 자꾸 도망을 가는지 돌아오질 않는단다.

김 회장의 회상이라는 단어를 듣다 보니 문득 생각나는 일 하나가 있다. 나는 젊은 한때 동화구연가로 수많은 어린이들에게 동화를 들려주는 일을 했었다. 그때 병원 관계자 한 분이 나를 찾아왔다. 치매 환자들에게 전래동화를 들려주는 일을 도와 달라는 거였다. 나는 기꺼이 봉사하기로 마음먹고 분당 보바스 병원을 찾아갔다.

담당자는 회상요법으로 노인들이 어린 시절 들었던 전래동화를 치매 환자들에게 들려주어 추억을 소환해 보자고 했다. 70세 이상 노인들이 어렸을 때 한번 쯤 들어본 이야기라 치료에 많은 도움이 될 거라며 기대에 차 있었다. 나는 인형극도 만들고 그림 동화도 만들어 들고 갔다. 그 중에서 혹부리 할아버지, 흥부와 놀부, 해와 달이 된 오누이. 호랑이와 곶감…… 을 집중하여 만들어 들고 갔다.

치매 환자들이 보호자의 도움을 받으며 휠체어를 타고 강당으로 모였다. 나는 설레는 마음으로 그들 앞에 섰다. 그리고 어떻게 하든 회상요법의 효과를 얻어내려고 열정적으로 옛날이야기를 시작했다. 몇 주간은 두서너 명의 반응에 힘을 얻어 신바람이 났지만 시간이 지나면서 실망을 했다. 환자들의 시선을 사로잡기엔 역부족이라는 걸 깨달았기 때문이다. 원맨쇼에 불과했다.

일단 환자들이 전혀 반응이 없고 졸거나 잠을 자고 중간에 소리를 지르고 축 늘어져 모두 귀찮은 표정들이었다. 내 능력에 한계를 느꼈다. 결국 회상요법에 성공하지 못한 나는 5개월 만에 그 일을 그만두었다.

노인들이 가장 두려워하는 질병 1위는 치매라고 한다. 어찌 생각하면 죽음보다 비참한 게 치매가 아닌가 싶다.

과학은 나날이 발달하고 문명도 자꾸 발전하지만 웬일인지 치매 치료를 위한 약은 애석하게도 아직 없다고 한다. 치매 환자는 자꾸 늘어나고 있는데 큰일이다. 그나마 회상요법이 효과적이라니 환자들에게 전래동화도 들려주고 걷기 운동 취미생활을 하는 게 어떨까? 머지않아 의학계에서도 연구를 열심히 하여 치매에 탁월한 약이 나오리라 기대한다

내일은 치매가 더 심해졌다는 혜자씨 병문안일라도 가 보어야겠다. 보바스 병원에서 회상요법으로 사용했던 인형극을 꺼내 들고 가서 잃어버린 혜자 씨의 기억을 조금이나마 살려내야겠다.

불빛

　미국 생활에서 자동차 운전은 사회생활의 시작이다. 또한 자동차 없이는 사회생활이 불가능한 나라다. 그래서 미국에 살게 되었을 때 한국에서도 갖지 못했던 자가용을 제일 먼저 샀다.

　자가용을 마련하고 첫 번째 추수감사절을 맞이했다. 우리 가족은 처음으로 자가용을 타고 여행을 떠나게 되었다. 어린이들의 천국이라는 후로리다에 있는 디즈니 월드로 말이다. 우리가 거주하고 있던 루이지애나를 출발 후로리다까지 가는 여정은 부담스러울 정도로 멀고 아득한 거리였다. 어찌 생각하면 모험이나 다름없었다. 그러나 젊었던 남편은 일주일 동안의 긴 여행을 강행하기로 하고 힘차게 외쳤다.

　"자! 디즈니 월드를 향해 출발!"

　"야! 신난다."

　5학년, 3학년 유치원생이었던 세 딸들은 기쁨을 감추지 못하고 차 안에 앉아서도 신바람이 나는지 엉덩이를 들썩거렸다. 웃음을 멈출 수 없는 여행은 마냥 행복했다. 끝없이 뻗어나간 고속도로 주변은 매우 이색적이었다. 초원 위에는 소와 양떼들이 끼리끼리 풀을 뜯고 하얀 새들은 소등에 올라타서 놀고 있었다. 구름을 뚫고 태양 빛이 초원 위에 부서져 내리면 아름답게 움직이는 그림들이 무수히 그려졌다. 미시시피주를 지나 이름 모를 쉼터에서 김밥으로 점심을 때우고 다시 시동을 걸었다.

　남편이 지도 한 장을 내밀며 말했다.

“곧 알라바마니까 이정표를 잘 살펴 봐요.”

그날 밤은 알라바마에 살고 있는 남편 친구 집에서 하룻밤 신세를 지기로 약속이 되어 있었다. 남편은 오랜만에 친구를 만나려는 마음으로 흥분이 되어 있었지만 나는 하룻밤 호텔 비를 절약할 수 있어서 무엇보다 기뻤다. 알라바마 문턱을 넘어서자 해는 이미 떨어지고 어둠이 사방에서 몰려와 주위를 까맣게 덮어버렸다. 텅텅 빈 도로엔 우리 차만이 바람과 맞서서 달리고 또 달렸다. 아이들은 아빠가 초행길을 달리며 긴장을 하든 말든 과자를 오도독오도독 먹으며 참새 떼들처럼 조잘거렸다. 길게 누워 있는 도로 위를 달리던 차들은 모두들 제 집을 찾아 곁길로 빠져나갔다. 남편이 근심 어린 목소리로 물었다.

“여보 이정표 잘 살피고 있지?”

“그럼요.”

나는 눈에 불을 켜고 밖을 살피며 대답을 했다. 창밖으로 시커먼 물체들이 빨리 감기 버튼을 누른 듯 샤샤삭하고 멀어져 갔다. 이정표 하나가 뒷걸음을 치며 사라졌다. 너무 빨리 달아나 글씨를 놓쳤다.

“여보, 이정표 하나가 글씨 읽을 새도 없이 지나가 버렸어요.”

“그래? 지도상으로 다 온 것 같으니 다음에 곁길이 나오면 나갑시다.”

피곤한 탓인지 꼼꼼하고 정확한 남편은 확인도 안 해보고 곁길로 빠져나갔다. 어둠이 짙게 깔린 소로 길 양옆엔 제멋대로 자란 풀들이 바람에 윙윙거리며 괴물 같은 소리를 냈다. 왠지 모르게 기분이 으스스했다. 좁은 길을 따라 무작정 속력을 내어 달렸다. 가도 가도 마을은커녕 불빛 하나 보이지 않았다. 온종일 끌려다닌 어린것들은 지쳤는지 과자 봉지를 손에 든 채 곯아떨어졌다. 초행길의 이방인은 그때야 무언가 잘못되어

가고 있음을 느꼈다.

"아무래도 우리가 길을 잃어버린 것 같아. 도저히 방향을 모르겠네."

남편이 검은 구름으로 뒤덮인 하늘을 쳐다보며 길게 한숨을 토해 냈다. 그때였다. 번쩍하고 어둠속에서 불빛 하나가 보였다. 그 불은 도깨비불처럼 우리를 향해 쫓아오기 시작했다. 나는 깜짝 놀라 고개를 쑤욱 빼고 불빛이 달려오는 쪽을 쳐다보았다. 그건 자동차 헤드라이트였다. 아주 멀리 있었지만 우리를 향해 달려오고 있음을 직감했다.

밤길은 사람 만나는 일이 제일 무섭다. 미국은 총기 소유가 자유로운 나라. 그렇다면 혹시 차량털이범? 강도? 끔찍한 생각들이 이어 달리기를 했다. 미국 영화에서 보던 장면이 스쳤다. 돈을 뺏고 사람을 총으로 쏜 다음 시체를 수풀 속에 내던지는 장면이 시네마스코프 화면에 담겨 내 눈앞에서 상영되었다.

그러자 온몸의 신경이 모두 끊어지는 듯 정신이 혼미해졌다. 두렵기는 남편도 마찬가지였나 보다. 핸들을 움켜쥐고 침을 꼴깍 삼키고 있었으니 말이다. 우리 차가 빨리 달리면 그 차도 빨리 쫓아오고 멈추면 같이 멈추었다. 뒤차를 따돌리기엔 역부족이었다. 우리는 독안에 든 쥐 신세가 되고 말았다. 어느 순간에 불빛을 달고 쫓아온 차는 조용히 우리 뒤에 멈추어 섰다.

꽝! 하고 문 여는 소리가 났다. 뚜벅뚜벅 구둣발 소리도 들렸다. 건장한 남자 두 명이 내가 앉아 있는 조수석 옆에 붙어 섰다. 얼핏 보니 무릎까지 올라오는 가죽 부츠에 무쇠 같은 손과 팔뚝에는 호랑이처럼 털이 숭숭 나 있었다. 똑똑 창문을 열라는 시늉을 했다. 남편과 나는 급냉동 인간처럼 얼어붙었다. 부들부들 떨고 있는 우리에게 털북숭이가 말했다.

"당신들 길을 잃고 헤매고 있지요?"

우리는 두 귀를 의심했다. 재차 물었다.

"길 잃어버린 것 맞지요?"

뜻밖에 들려온 친절한 목소리에 고개를 들어보니 아니 이럴 수가 그들은 경찰이었다. 이런 황야에서 구세주를 만나다니 이보다 더 반가운 일이 어디 있을까?

"이쪽으로 가면 정글 숲이 나옵니다. 아주 위험한 곳이지요. 멀리서 보니 길을 잃고 헤매는 것 같아 도와주려고 달려왔습니다."

그들의 따뜻한 배려에 감동이 되어 눈물이 왈칵 솟구쳤다. 이처럼 고마운 경찰을 차량범으로 취급을 하다니…… 미안하고 부끄러웠다. 남편이 친구의 주소를 내밀었다. 경찰이 미소 띤 얼굴로 말했다.

"조금만 더 가면 목적지에 도착합니다. 염려 말고 우리 뒤를 따라 오십시요."

경찰차는 우리 앞에서 반짝반짝 계속 따라오라는 신호를 보내며 천천히 달렸다. 30분 후 마을이 나왔다. 자정이 지나 새벽으로 가는 시간에 남편 친구는 가로등 밑에서 발을 동동 구르며 우리를 기다리고 있었다.

경찰은 친구에게 우리 식구를 인계하고 어둠속으로 조용히 사라졌다.

미국에서 살았던 일이 하도 오래 되어 지금은 기억에서 모두 지워졌다. 그러나 딱 한 가지 기억에 남아 있는 일이 있다, 위험에서 불빛이 되어 준 털북숭이 경찰을 내 어찌 잊을까? 그때 장만했던 초록색 애마 자가용은 어떻고

오징어 오백 마리

나는 가끔 내가 딛고 걸어온 발자국이 그리워 뒤돌아 볼 때가 있다. 마치 여우가 죽을 때 원점으로 머리를 향하듯 팔순이 된 나도 자연스럽게 더듬이가 과거 숲속을 향하게 된다. 그 추억의 갈피에는 피 끓는 젊음을 흠뻑 쏟아 부었던 주문진에서의 추억이 제일 먼저 떠오른다.

대학을 갓 졸업한 나는 그 시절 바닷가 오지 마을로 취급받았던 주문진을 가게 되었다. 그곳에서 애타게 교사를 찾는다기에 '아! 바로 내가 갈 곳이구나' 하며 귀신에 홀린 듯 대관령 산맥을 선뜻 넘고 말았다. 유난히 아이들을 좋아하던 나에게 그곳은 내 꿈을 펼칠 수 있는 곳이었다.

'나는 갠지스강도 건너보았고 알프스산도 넘어 보았다. 그러나 내가 본 것 중 가장 아름다운 것은 어린이였다.'

덴마크의 동화 작가 안데르센의 말처럼 주문진엔 아름다운 어린아들이 넘쳐 났다. 그러나 오려는 교사가 없어 그 귀한 어린아들이 모두 방치되어 있었다. 나는 그들에게 온 힘을 다해 사랑으로 교육을 시키리라 다짐했다. 유치원 개원식 날 수많은 어린아들이 몰려 왔다. 그 아이들을 파악하고 가르치기에 정신이 없었다.

그러나 시간이 지나면서 자리도 잡히고 적응이 되자 나는 그때서야 파도 소리도 뱃고동 소리도 들렸다. 잊고 지내던 식구들도 그리워지기 시작했다.

"대가리 좀 컸다고 네 맘대로 해도 되는 게야? 주문진이 어디라고 곧 시집갈 에무나이가 객지생활을 하겠다는 게야? 다시 생각하라우"

아버지의 이북사투리 섞인 호통이 귓가를 맴돌았다. 부모님 곁을 떠나면 누구든지 철이 든다고 했던가! 한번도 해 보지 않았던 부모님 생각에 마음이 아파오기 시작했다.

그 시절엔 모두가 가난했지만 좀 더 가난했던 부모님을 나 몰라라 하고 도망치듯 집을 떠나온 나였다. 딸 셋 중 나를 제일 많이 의지하셨는데 하는 생각에 가슴이 먹먹해지며 자꾸 눈물이 나왔다. 창문 밖으로 펼쳐진 넓은 바다를 바라보며 부모님 생각을 하고 있을 때였다. 바닷가에 길고 긴 빨래줄 위에 수많은 오징어가 매달려 몸을 말리고 있는 것이 눈에 들어왔다. 순간 기발한 생각이 스쳤다. 나는 벌떡 일어나 평소 가깝게 지내던 교회 집사님 댁을 찾아갔다. 장사에 능하신 집사님이셨다.

"집사님, 우리 아버지에게 오징어 장사를 하게 하면 어떨까요? 서울엔 오징어가 귀하잖아요?"

"잘만 하면 괜찮지 젊은이가 기특하네."

"그럼 저 좀 도와주세요."

집사님은 오징어 도매점으로 나를 데리고 갔다. 오징어가 산더미처럼 쌓여 있었다. 그곳에서 나는 마른 오징어와 소금에 절인 오징어 오백 마리를 사서 포장을 했다. 그리고 아버지께 소포로 부쳤다. 장사하는 방법까지 자세히 써서 짐 한쪽에 넣었다. 잘 팔리면 계속 사 보낼테 니 전보를 치라는 말도 덧붙였다. 우리 아버지가 오징어를 팔아 부자가 될 걸 생각하니 웃음이 절로 나왔다. 목을 빼고 기다리던 아버지의 답장이 도착했다. 기대를 갖고 편지를 읽던 나는 실망을 했다. 오징어를 잘 받았다는 내용과 밥 잘 챙겨 먹으라는 내용 그리고 겨울 방학을 하면 집에 속히 오라는 내용뿐 오징어 팔았다는 이야기는 한 마디도 없었다. 도대체 오징어 장사는 어떻게 된 것일까?

겨울 방학을 하자마자 나는 집으로 향했다. 버스에서 내려 골목길로 접어들었다. 교인 몇 사람이 나를 보자 반색을 하며 인사를 했다.

"오징어 잘 먹었어요. 어찌나 싱싱하고 맛있던지."

"주문진 오징어가 유명하다더니 틀린 말이 아니더라고요."

"장로님 못 만났어요? 딸 온다고 버스정류장에서 왔다 갔다 하시던 데⋯⋯."

분에 넘치는 인사를 받으며 집에 도착했다. 내 발소리에 어머니가 나와 가방을 받았다. 길이 엇갈렸던 아버지도 돌아오셨다. 나는 인사드리는 것도 잊고 다짜고짜 오징어 이야기를 꺼냈다.

"아버지 오징어는 다 파셨어요? 얼마나 남았어요?"

내 물음에 아버지는 대답대신 껄껄 웃기만 하셨다.

"웃지만 마시고 말씀해 보세요."

옆에서 듣고 있던 동생이 볼멘 소리로 대답했다.

"언니, 아버지 장사시키면 안 돼. 남에게 주고 싶어서 어떻게 장사를 하겠어? 언니가 보내준 오징어 목사님 댁을 시작으로 교회 사람들 이웃들 다 나누어 줘 버리고 우리 먹을 것도 없어."

"진짜예요? 오백 마리를 본전도 안 뽑고 그냥 다 나누어 주셨어요?"

내 목소리가 거칠어지자 그때서야 아버지가 한마디 했다.

"본전 생각하며 나누어 주다 보면 오징어가 모자라더라구. 이렇게 남에게 줘보긴 처음이라 어찌나 기쁘던지 딸 덕분에 소원 한번 풀었다. 하하하."

　장사해 보시라고 보낸 오징어를 몽땅 다 나누어 주고 한없이 기뻐하시는 모습을 보니 어이가 없어 헛웃음이 나왔다.

　"지금 사는 것도 충분히 만족스러우니까 앞으로 아버지 부자 만든다고 오징어 더 이상 사 보내지 말라우. 오징어 장사 안 해도 잘 먹고 살 수 있어. 그러니까 걱정 말고 너는 아이들이나 올바르게 잘 가르치라우."

　정곡을 콕 찌르는 말씀에 할 말을 잃었다. 아버지 부자 만들고 싶어 아이들 가르치는 일에 소홀히한 건 어찌 아셨는지. 이렇게 오징어 오백 마리 소동은 아버지의 산타크로스로 만들고 막을 내렸다.

　다시 주문진으로 돌아왔을 땐 아이들 교육에만 집중했다. 비록 가난을 짊어지고 살았을망정 불평하지 않고 감사하며 살아오신 부모님이 내 인생에 큰 울림을 주었다.

　바닷가 유치원에서 아이들 가르치는 일이 남들 보기엔 초라하고 궁상맞게 보일지 몰라도 내게는 가장 값지고 보람된 일로 남아 있다. 이제는 자신 있게 말할 수 있다. 비록 주머니에 넣을 황금은 벌지 못했지만 그곳에서 보낸 시간이 내 생애 가장 아름다운 추억 부자로 만들어 주었다는 것.

눈물도 자리를 본다

이 혜 영

1996년. 우리나라에서 가장 먼저 핀다는 개나리동산인 응봉산에 꽃이 가득 피었더랬다. 그 해도 여느 해와 다르지 않게 봄은 은근슬쩍 내 옆에 와서 초조했던 나의 옆구리를 흔들어댔다.

그렇게 남보다 한 학기 늦은 여름의 대학졸업을 앞두고 여기저기 기자시험을 보러 다녔다. 대학교 과방룸이나 카페에 앉아 삼삼오오 스터디그룹을 짜서 그날그날 신문스크랩을 오려붙이고 하나의 주제에 맞게 서로 글도 쓰고 리뷰도 하면서 누구는 1차에 붙었네, 누구는 또 떨어졌네, 하며 학구열보다 더 숨가쁜 취직열에 불타 있었다. 그날도 혼자서 시사상식 책을 보며 언론고시의 끝자락을 잡고 있었을 것이다.

"따르르릉~"

집전화가 힘차게 울어댔다. 그때는 아직 취직 전이라 갖고 싶은 핸드폰을 차일피일 미루고 사지 못하고 있던 때였다. 엄마의 전화였다.

이혜영

서울대학교 농화학과 졸업
前 SK(주) 포탈사업팀 차장
前 행복ICT 본부장
前 상상우리 팀장
2025년 힐링북인걸스 활동 중
e-mail: baccop1@nate.com

“아빠가 허리가 아프시다고 하셔서 병원에 들렀다 갈게.”

건강하시던 아빠가 왜 갑자기 허리가 아프실까? 의아하게 생각했지만 그때만 하더라도 단순히 허리디스크려니 짐작했다. 그 후로 허리가 계속 아프셔서 동네 작은 병원에 입원을 하셨다. 작은 병원에 입원할 때만 해도 나는 금방 나아서 집에 오실 수 있을 것이라 생각했고 대수롭게 여기지 않았다.

작은 병원에서도 아빠가 차도를 보이지 않으셨고 집에 다시 들어오셨는데 일어나자를 못하셨다. 지금도 엄마가 살고 계신 그 집. 천장까지 나무장식으로 되어 있어 고풍스러웠으나 어두웠던 집. 지금은 그 나무장식을 다 뜯어내고 흰 벽지를 발라 새 집이 되었지만. 그 집에서 119를 불러 아빠를 한양대병원으로 모셔야 했다. 그때 아빠나이 70세. 요즘 나이로 치면 청춘이라 할 만한 나이였다. 한양대병원에서는 아빠병명이 나왔다.

신장암.

병명을 알게 된 때에도 나는 아주 많이 놀라긴 하였지만 펑펑 울 정도로 눈물이 나오진 않았다. 아빠가 꼭 다시 집에 오실 수 있으리라는 일말의 희망이 나를 더욱 붙들었다. 그러나 병명을 알게 된 후 치료에 들어갔지만 암이 많이 진전이 되어 더 나아지기는 힘들다는 것이 진실이었다. 아빠가 119에서 한양대병원 침대에 옮겨지면서 하셨던 말씀은 ‘회자정리’였다. 아빠는 사자성어를 좋아하셨는데 내가 재수를 하게 된때에는 ‘결자해지’를 해야 한다며 나에게 책임감을 심어주셨는데 아픈 외중에도 이번에는 회자정리를 말씀하시며 만난 사람은 반드시 헤어지게 되어 있다며 도리어 우리를 위로해주신 것이다.

나는 아직 이별할 준비가 안 되었는데 아픈 사람 앞에서 눈물을 보이고 싶지는 않았고 눈물이 나는 것을 이를 악물고 참았다. 아빠는 항암치료를 너무나 힘들어하셨고 차라리 죽여 달라는 식으로 얘기하셔서 너무 이기적인 거 아니냐는 핀잔도 듣게 되었지마는 나는 오죽 아프셨으면 그러셨을까 싶었다. 2달여간 아빠에게는 길었을지도 모를 그렇지만 우리에게는 너무도 짧았던 병원생활을 끝내고 영면에 들어가시게 되었다. 아빠가 돌아가신 후 나는 기독교인이 되었고 엄마와 언니들은 천주교인이 되어 아빠를 파주교하성당의 추모의 벽에 모시게 되었다. 해다마 위령미사를 지내준다고 하니 아빠가 천국에서 좋아하셨으면 좋겠다. 우리는 아빠가 언제 돌아가실지 몰라 가족끼리 모두 모여 집에서 대기하고 있었다. 그리고 아빠의 부고를 전해 듣고 장례를 진행했다.

장례식에는 아빠의 친구와 친척들이 많이 와서 정말 쉴 새가 없었고 아빠가 돌아가신 것도 잊을 만큼 정신을 쑥 빼놓았다. 나는 대학동기들에게 알리지 않고 언론고시를 같이 준비한 한 친구에게만 알려서 그 친구가 장례식에 와주었다.

지금 생각해도 고마운 친구다. 장례 내내 비가 하늘이 무너질 것처럼 내렸다. 천둥 번개도 지구에 무슨 일이 난 것인 양 몰아쳐댔다. 하늘에 구멍이 난 것인 양 비가 휘몰아치고 사람들이 썰물처럼 모두 떠나갔을 때 그때서야 나는 펑펑 눈물이 났다. 아빠가 돌아가신 것도 살을 에는듯한 느낌으로 다가왔다. 모든 일이 한순간에 일어나서 지나갔다. 아빠가 돌아가셨다는 생각이 그제야 더욱 짙게 내 마음에 드리워졌다. 그 후 3년간은 바람만 불어도 아빠가 불현듯 생각나 눈물이 났다. 지금은 아빠를 생각해도 눈물이 많이 나지는 않지만 아빠에게 더 좋은 딸 노릇을 못한 것은 못내 아쉽다. 아빠가 돌아가신 후에 결혼도 하고 애도 키우면서 더더욱 아빠의 빈자리가 그립다.

온 가족이 참석한 소풍

조미구

1973년 봄, 우리 집은 딸만 셋 있는 집이었다. 당시엔 아들 낳는 사람들만 대우받고 사는 시절이었다. 우리 엄마는 여느 집 아들들 못지않게 우리 집 딸들을 잘 키우고자 하는 열성이 있으셨다. 큰언니는 초등학교 1학년이었고 태어나서 처음 가보는 소풍을 간다고 한껏 들뜬 마음으로 기대하고 있었다.

그때 어린이대공원이 처음 개장했는데 소풍 장소가 바로 어린이대공원이었다. 엄마는 큰딸이 가는 소풍에, 밑에 있는 동생 둘도 데리고 가야겠다고 결심하셨다. 그리고 나는 그 당시 엄마 뱃속에서 자라는 중이었다.

그러니까 정확히 말하자면 엄마는 자그마치 4명의 딸들을 데리고 선생님께도 드린다고 김밥 도시락을 하나 더 싸시고 병에 넣어 파는 무거운 사이다도 배낭에 넣어 소풍에 참석하셨다. 큰언니, 작은 언니는 걸리

조미구

서울대학교 졸업. 숭실사이버대 방송문예창작학과 졸업.
「영남일보」주부수필대회 가작 수상
「크리스천 문학나무」 신인작품상 소설 당선 등단.
소설 『아홉 빛깔 사랑』
현) 새샘물교회 사모. 조이록북스 출판 대표

나까지 데리고 소풍을 간 것이다. 큰언니 담임선생

님을 고 셋째 언니는 포대기로 둘러업고 뱃속에 자라고 있던 아무것도 모르는 데 만났는데

"아이고 이렇게 다 데리고 오셔서 참석하지 않으셔도 되는데요!"

하면서 깜짝 놀라시더란다. 큰딸의 첫 소풍에 열성적인 엄마로서 참석은 꼭 해야겠는데 마땅히 동생들 맡길 곳은 없고 그러다 보니 다 데리고 가셨었나 보다.

나는 그해 겨울에 태어났는데 또 딸이었다. 엄마는 딸만 넷인 아이들의 엄마가 되셨지만, 아들보다 잘 키운 딸들로 키운다고 큰언니, 둘째언니가 어렸을 때는 아주 엄격하게 공부를 열심히 시키셨다고 한다.

내가 태어난 후에는 더 애를 낳겠다는 계획이 없으셨는데 내가 초등학교 1학년 때 남동생이 갑자기 태어나서 우리 집에도 드디어 아들이 하나 생겼다! 아들이 하나 생기니까 엄마도 딸들 키우시는 데 마음이 여유로워지셨다. 딸들 보고 열심히 공부하라고 채근하지도 않으셨고 소풍도 따라가시는 일이 없으셨다. 내가 초등학교 1학년 때 외할머니가 엄마 대신 소풍을 함께 다녀오신 게 전부였다.

큰언니는 대학에서 지구과학과를 다녔는데 그 과의 특징은 방학이면 답사를 간다는 것이었다. 처음 언니가 답사를 간다고 하니까 엄마 아빠는 큰딸을 어디 보내는 것이 맘에 안 놓이셨는지 차로 운전해서 큰언니를 기차역까지 데려다주고 오셨다. 그랬더니 언니 친구들이 언니가 무남독녀인 줄 알았다고 한다.

남동생이 태어났을 때 엄마는 40살이셨고 큰언니는 중학교 2학년이었다. 엄마가 연세가 많으셔서 아들을 키우기가 쉽지 않으셨는데 큰언니, 둘째언니가 많이 도와줘서 그나마 수월하게 키웠다고 자주 말씀하셨다.

큰언니가 대학에 들어갔을 때는 내가 중학생이어서 나와 친구들 2명을 모아 영어 과외를 해줬는데 언니가 가르쳐주는 수업도 좋았지만, 떡볶이도 맛있게 해줘서 떡볶이 먹는 재미에 빠져서 공부했던 기억이 지금도 새록새록 난다.

딸이 넷에다 아들이 하나 있어도 부모님의 큰딸에 대한 사랑이 유별하셔서 그렇게 된 건지 큰언니 네는 유명한 식당을 하면서 큰 부자가 되었다.

나는 아들 하나를 키우면서도 어려운 일이 많은데 엄마는 딸 넷에 아들 하나까지 키우시면서 얼마나 어려운 일이 많으셨을지 나로서는 상상도 못할 일이다. 딸 넷을 다 데리고 초등학교 소풍에 다녀오신 열성으로 오 남매를 키우셔서 그랬는가 우리 오 남매는 다 4년제 대졸 이상의 학력을 가졌고 모두 시집 장가 잘 가서 잘 살고 있다. 이제는 집집이 모두 하나, 둘씩 자녀도 낳았고 엄마 아빠는 손자손녀가 8명에 증손자도 2명이나 태어났다.

날씨 좋은 봄날이나 가을에 엄마 아빠, 우리 오남매 부부들, 손자손녀, 증손자까지 다 참석한 소풍을 어린이대공원으로 다시 한 번 다녀오고 싶다. 큰언니 첫 소풍날을 기념하는 의미로 말이다.

단편소설

이건숙

정기옥

조미구

깨어진 약속

이건숙

나성의 날씨는 언제나 따뜻하지만 금년 가을은 태풍이 불어와서 털외
투를 입어야할 정도로 으스스하다. 그래도 12명의 80대 할머니들은 교
회 측에서 특별배려로 배치해준 한적한 방에 오그르르 모여앉아 주일마
다 공짜로 제공하는 점심을 먹고 그간 노인 아파트에서 날마다 누룽지처
럼 고인 외로움을 긁어내고 있었다.

오늘 화제는 최근 노인 아프트에 새로 입주한 70대 할머니. 그들 중
한때 대학에서 강사로 강의한 적이 있다는 주기숙 할머니가 이 모임의
회장이라 신입 회원을 향해 입을 열었다.

"소문으로 사연을 들었는데 이제 숨기지 마시고 아들에게 당한 억울함
을 여기서 싹 다 털어놔요. 여기 모인 우리 모두 비슷한 일을 당한 사람
들이니까요."

이건숙

한국일보 신춘문예 당선,
서울대학교 사범대학 독어과 졸업
미국 Villanova University 도서관학 석사
1981년 한국일보 신춘문예 단편 당선 등단
단편집 10권 장편 10편 등 다수
크리스천문학상, 들소리문학상, 창조문예문학상,
국제 펜문학상, 대한민국기독예술대상 문학부문,
제33회 기독교문화대상 수상

입에 지퍼를 채운 듯 입을 꼭 다물고 있던 일산 할머니가 두 손을 좌우로 나중엔 머리까지 흔들었다. 혼자 끙끙속으로 앓지 말고 아들에 대한 배신감과 아픔을 확 풀어내서 영혼이 시원해져야 더 오래 살 수 있으니 그러라고 모두 입을 모아 격려하는 바람에 일산 할머니가 어렵게 입을 열었다.

"하나뿐인 아들이 나성으로 이민을 가버려 혼자 강남 아파트에서 10년 동안 살고 있었는데 외롭지만 살만했지요. 갑자기 아들며느리가 노년에 그렇게 살다가 혼자 돌아가시면 자기들 체면도 있고……. 진짜 밤마다 걱정이 돼서 잠을 설친다고 전화에 불이 났어요. 어서 한국재산 정리하고 들어오라는 성화에 못 이겨 강남 요지의 50평 아파트와 자잘한 재산들을 정리하여 30억을 가지고 아들 곁으로 왔지요."

와아아! 모두 입을 모아 소릴 질렀다. 30억이면 200만 불이 넘는 큰돈이라고 입을 다물지 못했다.

"그 돈이면 아들 며느리가 자네를 비단 방석에 앉혀 놓고 기막힌 효도를 해야 하는데 왜 노인 아파트로 오셨어요?"

주기숙 회장의 말에 11명 할머니들의 눈엔 호기심에 들떠 모두 입을 반쯤 벌리고 그녀를 응시했다. 그래도 말을 아끼던 일산 할머니는 모두의 시선이 자기에게 쏠리고 동정심이 깃든 관심을 보이자 힘을 얻어 입을 열었다.

"그 돈으로 부촌에 집을 한 채 사고 나머지로 사업을 한다고 법석을 떨며 나를 2년간 꽃방석에 앉혀놓더니 사업이 망하니 며느리가 냄새나는 노인을 모시지 않겠다고 구시렁대더라고요."

'저런, 못된 것들, 우리 모두가 당한 것처럼 요즘 며느리가 문제라니

까. 그래서 늙으면 자식들 모르는 돈을 비밀스럽게 숨겨놓아야 하는
데…….시대가 변했어. 요즘 아들이나 딸들은 옛날 우리가 생각하고 길러
낸 그런 자식들이 아니야.'

모두 이런 내용의 한탄을 쏟아냈다. 하루아침에 여행 가방에 옷을 싸
들고 노인 아파트로 쫓겨난 일산 할머니는 눈 꼬리에 고이는 눈물을 손
수건으로 찍어냈다.

'그래도 우리는 여기 미국에 사는 것이 큰 축복이야. 한국에서 재산
빼앗기고 고생하는 것보다 여긴 남의 땅이지만 미국에서 사는 것이 다행
이야.'라는 여론으로 말거리는 푸짐하게 흘러갔다. 병원 나들이도 모두
공짜고 날마다 규칙적으로 아침저녁 오가는 무료버스를 타고 식사를 제
공하는 곳에 가서 음식을 받아먹고 정부에서 주는 돈으로 간식이나 사먹
으면서 사니 얼마나 다행이냐고 모두 자신들을 따독였다. 지금 세태는
자식보다 정부가 효자라고 이구동성으로 외치기도 했다.

40대의 사모님이 노인 방에 서둘러 뛰어 들어왔다. 날마다 교회 일이
바쁘지만 유치원 교사였던 사모님은 율동도 잘 하고 목소리도 우렁차서
모두 사모님을 보자 박수로 환영했다.

"자자! 여러분. 모두 허리와 무릎이 아파 걷기도 싫고 그냥 간식만 입
에 달고 텔레비전 앞에 앉아있지요. 그러면 치매에 걸려요. 앉아서 20분
저를 따라 하면 만보를 걷는 효과가 있으니 모두 두 손을 벌리세요."

사모님은 반주도 없이도 어찌 신나게 몸을 흔들면서 찬양하는지 할머
니들은 그녀를 따라 두 팔을 깍지 끼어 좌우로 흔들기 시작했다.

"내게 강 같은 평화, 내게 강 같은 평화, 내게 강 같은 평화 넘치네.

할렐루야……'

"자! 요번에는 두 팔을 위아래로 흔들면서 발뒤꿈치를 90도로 드세요."

10가지 동작을 바꿔가면서 인도하는 사모님은 10분이 지나자 땀을 뻘뻘 흘리면서도 신나게 찬양을 부르며 노인들이 앉아서 할 수 있는 운동을 인도했다.

"마지막엔 항문을 조이는 운동입니다. 솔직히 말해 봅시다. 여기 앉아있는 할머니들 모두 오줌을 질금질금 싸지요. 기저귀를 차고 쉬쉬 모두 사실을 숨기면서 말을 아끼고 있지요. 그러니 두 주먹을 쥐고 서로 부딪히면서 항문을 조이세요. 자자……. 찬송을 바꿉니다. 예수님 사랑, 예수님 사랑, 예수님 사랑……."

할머니들도 앉아서 사모님을 따라 찬양을 부르고 율동을 했다. 전신을 흔들고 팔과 다리를 올리고 내리고 나중엔 항문까지 조이는 운동에 이르면 헐떡거리지만 전신이 가뿐 해지자 서로 바라보면서 웃음꽃을 피웠다.

"이 운동을 아침저녁 식후에 침대나 소파에 눕지 마시고 30분씩 찬양 부르면서 꼭 하시기 바랍니다. 병원 나들이가 줄고 팔팔하게 노년을 보내셔야지요."

사모님은 주일에 해야 할 일이 많다고 바람처럼 잽싸게 노인방을 빠져나가버렸다.

할머니들은 서로 바라보면서 와글와글 떠들기 시작했다.

"우리 사모님이 세상에서 최고야. 성령 충만으로 얼굴에서 빛이 나고 사랑이 철철 넘쳐흘러 얼굴을 보기만 해도 행복해진다니까."

"이런 맛에 우리가 교회에 나온다고. 영육 간에 양식으로 넘치게 우릴

먹이고 이렇게 건강까지 돌봐주니 하나님을 몰랐으면 이민생활을 어떻게 할 뻔 했어."

모두 맞는 말이라고 손뼉을 치면서 환호했다.

이제 제일 공부를 많이 한 회장 할머니의 짧은 강의 차례가 왔다. 몇 주째 자식들에게 재산 주고 쫓겨나지 말라는 내용이나 이 시대가 변했으니 자식들 기다리고 기대하고 의지하지 말라는 그런 강의가 아니었다. 이 시대를 따라 살자면 변하는 사회의 실태를 바로 알고 이해해야 한다는 새로운 시각으로 접근하는 강의가 시작되었다.

'노인이 되면 꼭건너 가야할 깊고 험한 골짜기를 앞에 두고 있다. 골짜기를 보고는 무섭다고 자식들만 바라보고 도와달라며 손을 내밀고 앙앙거리게 마련이다. 자식들이 못 본 체 하면 그들을 증오하고 원망하고 사랑이 없다는 불평을 늘어놓으며 죽을상을 한다. 결국 나중엔 밑이 보이지 않는 험하고 깊은 골짜기에 빠져서 올라오질 못하고 거기서 외롭게 죽을 것이니 골짜기를 혼자 힘으로 훌쩍 뛰어넘어 다른 세상을 맛보라는 내용을 강조했다.'

모두가 회장의 강의가 맞는 내용이라고 머리를 주억거렸다. 그러자 회장 할머니는 엉뚱한 화제로 말머리를 돌렸다.

"여러분은 살아있는 애완용 강아지가 좋아요? 아니며 로봇 강아지가 좋아요?"

갑자기 회장이 장난감 강아지를 들고 나오자 모두 입을 모아 살아있는 강아지가 좋지 어찌 생명이 없는 쇳덩어리 로봇 강아지가 좋겠냐고 답했다.

하지만 회장 할머니는 핸드폰에 담아온 진짜 강아지보다 더 애교를 떠는 로봇 강아지를 돌아가면서 보여주곤 다시 질문했다.

"지금 우리에겐 자식들 대신 외로움을 달래줄 애완용 강아지가 필요해요. 여러분! 강아지먹이를 사느라고 돈도 쓰지 않아요. 목욕이나 똥오줌 훈련 시키려고 애간장을 녹이고 혹시 실수하면 냄새나는 오물을 치워야 하는 귀찮은 강아지가 아니고 그냥 즐길 수 있고 외로움을 달랠 로봇 강아지가 참 좋겠지요."

그러자 모두 손뼉을 치며 편하게 사는 방법이 있었는데 몰랐다고 호응했다. 아파트에서 혼자 외로운데 로봇 강아지를 한 마리씩 사자고 모두 관심을 가지고 눈을 반짝였다.

"요즘 세일이라 한 마리 사면 한 마리를 공짜로 주니 두 분이 한 마리 값을 내고 사서 나눠가지세요."

조금 전까지 진짜 살아있는 강아지가 좋다고 외치던 할머니들이 이번엔 로봇 강아지를 사자고 회장의 의견에 동의했다.

할머니들의 얼굴에 깃드는 기쁜 표정을 둘러보면서 이번에는 생전 들어보지 못했던 단어를 주 회장이 꺼내들었다.

"여러분! 로보 택시 웨이모란 말 들어보셨나요?"

모두 뚱한 표정을 지으며 서로 얼굴을 쳐다 보았다. 70대 제일 나이 어린 할머니가 알고 있다는 시늉을 하며 오른 손을 번쩍 들었다. 주회장이 대답해보라고 고갯짓을 보냈다.

"그건 혹시 택시 위에 이상한 장식을 달고 요즘 거리를 오가는 운전기사 없는 택시를 말하는 건가요."

"운전하는 사람이 없다는 말은 맞아요. 웨이모란 자율주행 로봇 택시를 운영하는 회사를 말해요."

주 회장은 영어단어 Waymo를 한자 한자 정확하게 발음해서 노인들 머리에 각인시키려고 애를 쓰면서 그들이 이해할 수 있도록 설명을 상세하게 늘어놓았다. 이용자가 앱을 통해 호출하면 집 앞에 기사 없는 택시가 도착하고 탑승하면 택시가 스스로 운행하여 목적지까지 데려준다나. 최근 무인 자율주행차를 운영하는 웨이모가 운전자 없는 대형트럭을 고안, 상업 목적으로 물건을 나르며 고속도로를 달리기 시작한다고 하자, 할머니들은 시대의 변화가 무섭다고 머리를 흔들었다.

"그럼 이제 짐을 실은 대형트럭을 운전하는 기사들이 직업을 잃을 터이니 실업자가 많이 나오겠네요."

"인공지능이 사람을 몰아내고 그 자리에 앉는 바람에 점점 사람들이 직장을 잃는다는군. 우리 시대와 다르게 살아야하는 젊은이들이 불쌍해서 어쩌지. "

노인들은 그 말에 모두가 자식들을 생각하며 불안한 마음을 속으로 삭이고 있었다.

80대의 노인들의 일생은 그야말로 질풍노도의 격렬한 변화의 터널을 통과하고 있었다, 풍로에 숯불을 지피고 밥을 짓거나 아궁이에 장작을 때서 가마솥에 음식을 하던 시절이 사라지고 전기밥솥이 나왔고 전화, 텔레비전, 냉장고, 핸드폰, 편리한 가스 ……. 지난주에 주회장이 강의한 코이스크로 음식을 주문하는 법이나 식당에 가면 사람 대신 로봇이 음식을 날라주고……. 세상 모든 것들이 정신을 차릴 수 없을 정도로 빠르게 변하고 있었다.

"이런 변화의 시대에 우리 자식들도 적응하느라고 정신없을 것입니다. 그러니 이제 노년을 맞은 우리들은 정신을 차리고 이 시대의 물결에서 밀려나서 골짜기에 떨어지지 말고 저들 젊은이들 뒤를 열심히 바짝 따라 붙어야 합니다."

모인 할머니들은 주 회장이 강조한 골짜기란 단어에 몸을 떨면서 무섭다는 눈빛을 감추지 못했다.

이런 분위기를 깨고 구순에 접어든 할머니가 주 회장에게 질문을 던졌다.

"요즘 개리 맨더링(Gerrymandering)이라고 신문에 자주 나오는데 그게 뭐지요? 내용을 상세히 읽어보면 곧 주민들이 투표를 한다는데 무슨 투표에요. "

"아주 좋은 질문이네요. 여기 우리들 중에 정확히 아는 사람이 없을 터이니 제가 설명해 드리지요. 한 정당이 자신이 표를 많이 얻을 수 있는 지역은 작게, 상대 정당이 강한 지역은 크게 묶어서 전체적으로 더 많은 의석을 차지하도록 선거구를 조작하는 것을 말합니다. 쉽게 말하면 선거구를 특정 정당에 유리하게 짜는 행위지요.

매일 아침 사설까지 읽는다는 부지런한 할머니가 아주 간략하고 짧게 그 말을 옮겼다.

"그건 정당 주도형 선거구 개편이란 뜻이네요."

"제가 몇 개월 전에 강의한 핸드폰 쳇지피티(ChatGpt)에 들어가 물어보면 정확한 설명이 나옵니다. 앞으로 모르는 말이 나오면 모든 걸 알려주는 그걸 많이 참조하세요."

그러자 모두 핸드폰을 꺼내 배워서 익숙해진 쳇지피티를 치기 시작했다. 이런 것을 알고 있다는 흐뭇한 기분을 느긋하게 만끽하며 할머니들은 만족한 표정을 감추지 못했다.

강의가 끝나고 한가해진 할머니들은 이북년 할머니에게로 향했다. 이씨 성에 북쪽에서 태어난 여자라 북년이란 이름을 부모가 지어주었다는 이북년 할머니에게 모두의 시선이 옮겨갔다.

그러자 북년 할머니는 등 뒤에 놔둔 큰 가방에서 아기 머리통만한 크기의 석류를 하나씩 돌리면서 만면에 웃음을 흘렸다.

"이 과일이 우리 같은 노인들에게 여성 호르몬을 듬뿍 준다는 아주 귀하고 비싼 거지요. 구약성경에도 나오는 이집트의 클레오파트라 여왕이 아름다워지려고 즐겨 먹었다는 말도 있어요. 우리도 텔레비전 보면서 이걸 까먹고 다음 주엔 모두 예뻐져서 만납시다."

"어제 토요일에도 유복자 복덩이 막내아들이 어김없이 와서 마켓에 데리고 갔군요"

"고럼 고럼. 우리 막둥이가 감기 걸려 콜록거리면서도 토요일엔 꼭 나를 데리고 마켓에 가지요. 해서 요즘 제철인 석류를 제가 여러분들 주려고 12개 샀어요."

모두 이북년 할머니의 말에 부러워하는 마음을 감추지 못했다.

"폭풍이 불고 비가 억수로 와도 우리 막둥이가 틀림없이 주말엔 와요. 무엇이나 값에 구애받지 말고 사시라고 카트를 끌고 다니면서 절 재촉해요. 이번 주엔 300불 어치를 샀어요. 게다가 날씨가 추워진다고 두툼한 털외투도 사주었어요."

이북년 할머니의 이런 자랑은 매주일 할머니들 화재의 중심이었다. 주

알마다 할머니들에게 각양각색의 자그마한 선물을 배급하는 탓도 있지만 이북년 할머니 스스로 어찌나 효자 아들을 높이 치켜들고 흔들면서 자랑하고 칭찬하는지 모두 침을 게게 흘리며 유별나게 특이한 자식 복을 받았다고 이북년 할머니를 칭송했다.

"나는 다섯 자식들 키워 대학 공부시키느라고 뼈골이 상할 정도였어. 이제 변호사로 의사나 교수로 이 나라에서 다 자릴 잘 잡았지. 그런데 모두 둥지를 떠나 훌훌 허공으로 흩어져버렸어. 용돈은커녕 찾아오지도 않고 전화도 없다니까."

그 말에 모두 고개를 끄떡이며 여기 모인 사람들 모두 같은 형편이라고 호응했다.

그러자 회장 할머니가 격언을 읊듯 한마디 했다.

"잘난 아들은 나라의 아들이요, 그보다 조금 못난 아들은 장모의 아들이요. 병든 아들이 끝까지 곁에 남아있어 효자라고 하더군요."

그 말을 받아 모두 한 목소리로 외쳤다.

"이북년 할머니의 막둥이는 병든 아들도 아닌데 지극한 효자이니 참 부러워요."

그러자 이북년 할머니는 맞는 말이라고 머리를 주억거리면서 흔쾌하고 행복한 웃음을 숨기지 않았다. 모두 그런 아들을 둔 이북년 할머니의 행복은 하늘이 내린 특별난 축복이라고 부러워하며 다음 주일엔 무슨 선물을 사올 건가 기대를 했다.

일주일 뒤에 오그르르 모여 앉은 할머니들은 서로 둘러보며 이북년 할머니를 찾았다. 언제나 정중앙에 앉아 허리를 펴고 효자아들 자랑으로 목이 굳어있던 분이 보이지 않았다.

"뭔 일이야. 우리 나이 내일 일은 모른다더니 혹시……."

모두 걱정하면서 그녀가 앉았던 자릴 응시했다. 걱정의 내용을 풀어주듯 회장 할머니가 걱정 어린 목소리로 소식을 전했다.

"이북년 할머니는 췌장암 진단을 받고 지금 입원 중이랍니다. 그래도 다행히 수술할 수 있다니 희망은 있어요. 우리 힘을 합쳐 그녀를 위해 뜨겁게 기도합시다."

"어머머…….이거 뭔 일이람. 지난 주일까지 만해도 건강했는데 우리 나이 내일 일을 모른다니까."

"아이쿠! 오늘 받을 선물이 아쉽네."

"그나저나 효자 아들이 얼마나 마음 아파할까. 아마 엄마 곁에 매일 잠을 자면서 껌 딱지처럼 짝 들러붙어 있을 거야."

"고럼, 고럼 보통 아들인가. 하늘이 내려준 효자 아들인데. 치명적인 췌장암에 걸려 아파도 이북년 할머니는 행복할 거야."

함께 통성으로 입원 중인 이북년 할머니를 위해 기도하면서 비록 병중이지만 그들 중 가장 행복한 할머니를 모두 부러워하는 기운이 감돌았다.

한편 수술을 앞두고 셋이나 되는 아들과 두 명의 딸들이 서로 다투며 고함을 쳐서 복도에서 나누는 대화가 병실에 누워있는 이북년 할머니의 귀에 생생하게 전해졌다.

"막내인 효자아들이 밤에 어머니 곁을 지켜야지."

"맞다, 맞아. 우리는 자식으로 여기지도 않고 날마다 막내아들만 효자라고 입에 달고 사셨으니 그래야 마땅하지."

그러자 새로 결혼해서 들어온 막내며느리가 큰소리로 그들의 말을 받아쳤다.

"그간 토요일마다 어머니 모시고 나가 시장 봐드리고 자신이 고생하며 번 돈을 아낌없이 쓴 아들은 요번에 빼주세요. 그 돈 때문에 저희들은 신혼 초부터 엄청 다투고 있어요. 우리도 곧 태어날 아이를 양육하자면 돈이 필요해요. 그러니 이번에는 다른 자식들이 효자노릇 하세요. 제 말은 돌아가면서 효자가 됩시다. 그러니 제 남편이나 저를 여기서 고만 빼주세요."

밖에서 떠드는 소릴 들으며 이북년 할머니는 눈을 지그시 감고

울렁이는 가슴을 쓰다듬었다. 그래도 효자 아들은 변하지 않을 것을 내심 확신하면서 슬며시 미소를 입가에 흘렸다.

수술 뒤에 효자아들이나 막내며느리는 단 한 번도 병실에 나타나질 않았다. 결국 가장 마음이 여린 막내딸이 간병인을 자청해서 곁을 지켜주었다. 일찍 남편을 천국으로 보내고 혼자 고생할 적에 가정 일을 도맡아 했고 결혼을 미루며 늦은 나이까지 간호사 일을 하며 돈을 벌어 어머니인 그녀를 위해 작지만 아담한 빌라를 사준 고마운 딸이다.

"어머니의 막내아들은 이제 효자 역할을 접었어요. 며느리가 여간 드세야지요."

"그 앤 내가 죽을 때까지 내 자랑거리인 효자아들이다. 그러니 걱정하지 마라."

"이렇게 힘들 때 오지도 않는 아들을 효자라고 믿으세요."

"아마도 벌려놓은 사업이 상당히 힘든 모양이다. 누가 뭐래도 그 앤 영원한 내 효자아들이야."

"어머니의 그 믿음이 깨지지 말았으면 해요."

그들이 대화를 나누는 앞에 오랜만에 막내며느리가 나타났다.

"어머님! 저희 사업이 요즘 불경기로 결정타를 맞았어요. 그러니 이젠 아무것도 기대하지 마셔요. 제가 결혼해서 제일 이해할 수 없을 정도로 놀란 일이 효자 노릇하는 제 남편이었어요. 어머니에게 제 남편이 어찌나 잘 하는지 주위사람들이 효자아들 두었다고 부러워하지만 이젠 그렇게 하기 힘들 겁이다. 마마보이는 제게 남편감으로 빵점입니다."

"네 남편도 그렇게 말하니?"

"제가 설득했어요. 효자의 끈을 꼭 붙들고 드세게 버티더니 어제 밤에야 머리를 끄덕이더라고요."

쌀쌀하게 몇 마디를 내뱉고 막내며느리는 돌아 가버렸다.

"어머니가 그토록 자랑하던 효자 아들은 이제 변했네요. 요즘 며느리들이 문제라고요. 그러니 그냥 잊어버리세요."

그래도 이북년 할머니는 매일 병실 문을 바라보며 믿음을 가지고 효자 아들을 기다렸다.

두 달 동안 단 한 번도 병문안을 오지 않는 막내아들 탓인지 투병 끝에 이북년 할머니는 임종자리에 임했다. 효자 아들로 인한 실망 탓인지 처음 췌장암 발견 당시 초기 증상이라 수술을 하면 곧 일어날 것이라고 모두 입을 모았으나 이북년 할머니는 매가리 없이 눈을 감는 상태에 이르렀다.

할머니는 마지막 의식이 들 때 곁을 지키는 막내딸의 손을 잡았다.

"어머니 많이 아파요. 진통제를 더 간호사에게 부탁할까요."

"아니, 아니. 내가 의식이 있을 적에 너에게 이 말은 꼭 하고싶다."

어머니는 막내딸의 손을 잡고 흐려지는 의식을 모으면서 바짝마른입을 달싹였다.

"너에게 정말 미안하다. 이제 생각하니 내가 널 너무 고생시켰어. 진짜 효자는 바로 너로구나."

"어머니! 그런 말 마세요. 전 결혼하고 생활이 어려워 막내처럼 어머니를 돌보지 못했어요. 그게 마음에 걸려요."

"아니다. 내가 살던 그 빌라는 네가 사주었으니 당연히 너의 집인데 결혼하고 고생하는 널 보고도 못 본 척하고 내가……. 내가 그걸 그걸……. 널 주지 않고 내가 삼켜서……."

"어머니! 그런 말씀 마세요. 어머니 집을 제가 어떻게 받아요. 그건 어머니 몫이에요. 어머니 노년에 고생하지 말고 그 집을 팔아서 풍족히 쓰시라고 전 늘 기도했어요."

이북년 할머니는 점점 의식이 흐려오는지 마른입을 여러 번 달싹이면서 숨을 몰아쉬었다. 손발이 차츰 차가워지는 걸 느끼면서 막내딸은 어머니 가슴에 엎드려 가늘게 흐느끼기 시작했다.

"사실은……. 사실은……. 그 빌라 팔아서……. 막내아들에게 몽땅 다……. 사업을 시작하게 했다. 나를 위해 죽을 때까지 매주 마켓을 봐주고…….자랑거리 효자 아들이 된다는 조건으로 ....둘만 아는 비밀약속……. 이제 생각하니……. 그런 효자아들을 내가 억지로 강제로 만들어……."

목에서 걸근거리는 가래를 뱉어내지 못하고 그녀는 숨을 놓았다.

이북년 할머니의 장례식은 11명의 할머니들의 흐느낌과 그녀를 사랑했던 모든 사람들이 모여서 이별을 고했다. 효자 막내아들도 형들과 누나들 곁에 나란히 서서 어머니의 마지막을 지켜보았다.

하관 식이 끝나고 막내딸은 막내 남동생을 가만히 불러서 귓속말을 했다.

"너 어떻게 그럴 수가 있니."

"뭐가 어쨌다고"

"어머니가 내가 사준 빌라를 팔아서 네 사업을 일으켜주면서 한 효자 조건을 그렇게 파기하다니! 넌 아주 못된 놈이야."

그러자 어느새 막내며느리가 따라붙더니 거리낌 없이 막내시누를 향해 호기 차게 내뱉었다.

"부모가 당연히 자식에게 베푼 것이 무슨 조건이 돼요. 이 사람 내가 와보니 진짜 효자 역할 할 만큼 했으니 잔소리는 그만 하세요."

그녀는 입을 딱 벌리고 도도한 남동생 부부를 노려보았다. 거칠게 남편의 손을 잡아끄는 아내를 따라 가던 막내가 뒤를 돌아보며 한마디 했다.

"약속을 어긴 건 바로 어머니에요. 주님 손을 붙들고 가시면 끝인데……. 그냥 효자아들로 남겨두었으면 좋았을 터인데."

악마의 나팔꽃

정기옥

강의를 막 끝낸 그녀는 얼굴 화장을 고쳤다. 확 트인 고속도로를 달려 어디론가 여행을 떠나고 싶은 여름밤이었다. 그녀의 핸드폰에 텔레그램 문자가 떴다. 그의 문자였다.

천사의 나팔꽃 그곳에서 만나. 풍경이 정말 좋아. 한 시간 전 도착해서 기다리고 있어.

그녀는 천천히 차를 몰아 무인 텔로 향했다. 이세벨 바이러스가 지구상에 침범하기 전까지 그곳을 제집 드나들 듯했다. 그녀의 상대는 강사연합에서 만난 연하의 조각 미남이었다. 그를 생각하면 몸이 뜨거워졌다. 복잡한 도시를 빠져나온 차는 풍광이 아름다운 강가 옆 무인 텔 입구로 들어섰다. 천사의 나팔꽃이라 쓰여 있는 커다란 입간판이 눈에 들어왔다.

입구 화단에는 하얀색과 노란색 두 종의 나팔꽃이 활짝 피어 있었다.

정기옥

계간 「크리스천 문학 나무」 소설 『돌을 든 여인』 당선
소설집 『쉼 카페』 출간, 스마트소설 『마음교향곡』 출간
2023 제87회 한국 인터넷 문학상 수상
2023 제32회 경기도 문학상 소설 부문 우수상 수상
E-mail : jwoman1@naver.com

그녀는 차에서 내려 화단 앞으로 걸어갔다. 작은 팻말에 영어로 '엔젤 트럼펫'이라고 적혀 있었다.

그 옆에 흰 꽃의 이름은 악마의 나팔꽃이라고 한글로 적혀 있었다. 악마의 나팔꽃은 하늘을 향해 얼굴을 뻣뻣하게 쳐들고 마녀의 하얀 옷깃 같은 자태를 뽐내고 있었다. 땅을 향해 다소곳이 고개를 숙이고 있는 천사의 나팔꽃은 하늘의 천사장이 긴 나팔을 부는 모양새였다. 노란색 천사의 나팔꽃은 꽃의 향이 짙었다. 그 향이 그녀의 후각을 자극했다. 그녀는 향기에 이끌려 꽃에 코끝을 댔다. 그때였다. 그가 어느새 등 뒤로 다가와 두 팔로 그녀를 안으며 굵은 음성으로 가만히 속삭였다.

"조심해. 이름은 천사의 나팔꽃이지만 꽃에는 강한 독성이 있어."

"그래?"

"천사의 나팔꽃 의미는 덧없는 사랑이래. 난 악마의 나팔꽃이 좋아."

그녀가 얼굴을 들고 알 듯 모를 듯 묘한 미소를 지으며 말했다.

"독성이 있어도 덧없는 사랑이 난 더 좋은데?"

그가 그녀에게 몸을 더 밀착하더니 귓가에 뜨거운 숨을 불어넣으며 말했다.

"난 당신만을 사랑하고 싶어."

서로를 달뜬 눈으로 바라보던 두 사람은 오래된 연인처럼 무인 텔의 방문을 열었다. 방에 들어선 둘은 누가 먼저랄 것 없이 서로를 끌어안으며 입을 맞추었다. 그가 부드러운 눈으로 그녀를 바라보았다. 이윽고 그녀가 입고 있는 블라우스 단추를 하나씩 풀었다. 이 순간만큼은 서로의 영혼이 부서져도 좋았다. 그의 단단한 근육질의 알몸에 땀이 배어 흘러내렸다. 그녀가 고양이 같은 눈을 동그랗게 치떴다.

“우리 사랑이 이루어질 수 있을까?”

“이렇게 함께 있으면 언제나 우린 하나야.”

그녀가 그에게 몸을 더 밀착시켰다.

“당신은 사랑을 믿어?”

“진짜 사랑은 오직 당신뿐이라니까.”

그들은 다시 몸의 운율에 서로를 맞추었다. 한 차례 작은 파도가 밀려왔다가 힘찬 포말을 일으켰다. 그녀는 목덜미에 뜨거운 숨결을 느끼며 그의 품으로 파고들었다.

“결혼이 족쇄 같아. 우리 도망갈까?”

“그냥 이대로도 좋아.”

그가 그녀의 머리를 가만히 쓰다듬으며 말했다.

“불안해하지 마. 내가 꿈속에서도 지켜줄게.”

그녀가 가늘고 긴 손가락으로 그의 몸을 찬찬히 훑어 내렸다.

“당신과 함께라면 천년도 하루 같아.”

그녀와 그의 불꽃같은 여름이 지나가고 있었다. 어느새 따갑게 내리쬐던 땡볕이 선선한 바람에 물러갔다. 가을 하늘은 청명했고 단풍잎들은 색색으로 물들었다.

그날 그녀는 고대 중동지방 역대 왕과 왕비들의 일대기를 강의했다. 그녀는 대중을 상대로 세계사 강의를 하는 인문학 강사였다.

“심장이 얼음조각같이 차갑던 한 여자가 있었어요. 이름은 이세벨[1].

---

[1]구약성경 열왕기상 16장 31절 시돈 사람의 왕 엣바알의 딸 이세벨을 아내로 삼고 가서 바알을 섬겨 예배하고 아합왕은 북이스라엘의 7대 왕이며 4번째 왕조인 오므리 왕조

기원전 9세기경 북이스라엘 아합 왕의 아내였죠. 이세벨 왕비는 음행과 술수가 뛰어난 여자였어요. 자기 눈 밖에 난 사람은 악랄하고 철저한 방법으로 죽이는 아주 사악한 여자였죠. 고대 왕국 시돈이라는 나라에서 태어났는데요. 이세벨의 아버지는 시돈의 왕이었습니다. 이세벨은 아버지가 정해준 북이스라엘 왕 아합과 정략결혼을 했어요. 아합 왕은 이세벨을 처음 보는 순간 그녀의 화려한 아름다움에 순전히 마음을 빼앗겨 버렸죠. 원래 욕망하는 인간은 외형의 화려함을 좋아하거든요."

그녀는 사람들에게 고대 왕국 역사 이야기를 쉽게 풀어서 설명했다. 그녀의 강의는 인기가 좋았다. 그녀는 오프라인 강의와 온라인 강의를 병행하느라 종일 바빴다. 온라인 줌 강의를 할 때는 연극 대사의 강한 어투와 표정을 사용하여 시청자의 눈과 귀를 사로잡았다.

"왕이시여. 얼른 일어나 식사를 하시고 마음을 즐겁게 하소서."

"나봇의 싱싱한 포도원을 갖고 싶어."

"왕의 명령이면 못할 게 뭐예요. 이 나라가 다 왕의 것인데요. 옳건 그르건 포도원은 곧 당신의 것이 될 거예요. 그것도 비용을 한 푼도 안 들이고 거저 말이죠. 나 이세벨에게 단지 당신의 이름을 사용할 수 있도록 허락해 줘요. 왕의 옥새만 잠시 빌려주세요. 반드시 저 촌뜨기 나봇의 포도원2)을 당신께 드리겠어요."

그녀는 다시 자세를 가다듬고 카메라를 향해 시선을 고정했다.

에 속했고 오므리의 아들이 다. 시돈에서 이세벨과 정략 결혼하여 바알과 아세라 제사장들을 이스라엘로 끌고 와서 본격적인 우상숭배를 시작하였다.
2) 열왕기상 21장 2절-3절 아합이 나봇에게 말하여 이르되 네 포도원이 내 왕궁 곁에 가까이 있으니 내게 주어 채소밭을 심게 하라. 나봇이 아합에게 말하되 내 조상의 유산을 왕에게 주기를 여호와께서 금하실지로다.

"고대왕국 시돈은 경제 대국이었죠. 이세벨은 부유한 여자였고요. 그런데 왕비 이세벨은 나봇의 포도원을 돈을 주고 사지 않았어요. 배에 가득 채우고도 허기진 탐욕은 끝이 없는 법이죠. 나봇에게 있어서 포도원은 조상 대대로 물려받은 가업이자 신께서 주신 기업이었어요. 당연히 왕에게라도 팔 수가 없었죠. 이세벨은 그의 처자를 알았음에도 그가 왕에게 반역했다는 누명을 씌웠어요. 신과 왕을 저주하였다는 죄목으로 그를 돌로 쳐 죽인 뒤에 강제로 나봇의 포도원을 취했죠. 이세벨의 탐욕과 음란함, 악독한 성격은 모르는 이가 없었어요. 왕비 앞에만 서면 신을 섬기는 선지자도 그녀의 표독스러운 기세에 눌려 벌레처럼 땅 위를 기며 벌벌 떨었죠. 이세벨은 나봇을 죽인 자신의 음모가 성공했음을 알고 흡족했어요. 아합 왕에게 그가 살아 있지 않고 죽었다는 소식을 전해 주면서 어서 자리에서 일어나서 나봇의 포도원을 취하라고 의기양양하게 말했죠."

온라인 강의를 마친 후 오프라인 강의까지 연달아 끝내고 나니 늦은 밤이었다. 그녀는 아파트 지하 주차장에 도착하여 공동 현관문을 열고 엘리베이터로 향했다. 엘리베이터 앞에 한 여자가 서 있었다. 보라색 벨벳 원피스에 보라색 벨벳 코트를 입고 눈 화장을 짙게 한 여자는 그녀 쪽으로 고개를 돌렸다.

"아까부터 너를 기다리고 있었어."

"나를요? 누구시죠."

"나는 너에게 온 이세벨 여왕이야."

"뭐라고요?"

"BC 9세기에 살았던 왕비 이세벨이라고."

그녀는 사방을 두리번거렸다. 어쩌지. 정신병 걸린 미친 여자 같은데, 경비실에 연락해야 하나? 묘한 표정을 지으며 여자가 그녀 앞으로 한 걸음 더 다가왔다.

"눈동자가 흔들리는 걸 보니 눈앞의 신비를 믿지 않는군."

"대체 뭔 소리죠?"

여자가 알 수 없는 소리를 가만히 중얼거렸다.

"난 빈곤한 너의 영혼을 어루만지러 왔어."

"나를 어찌 알고?"

"네가 나에 대해서 말 하더군. 그래서 왔지. 잠자던 내 혼을 네가 건드린 거야."

그녀가 흠칫 놀라 뒤로 물러섰다.

"에이 설마."

"소울 타이(soul tie). 이 순간 나 이세벨의 영이 너의 몸 구석구석으로 스며들어갈 거야."

순간 여자의 목소리에 배어있는 음산함에 그녀는 몸을 떨었다.

"네?"

"지금부터 나와 너는 영의 묶임으로 하나지."

"당신과 내가 하나라고요? 말도 안 돼."

여자가 크게 웃었다. 한참을 웃던 여자가 혀를 끌끌 찼다.

"쾌락으로 활활 타는 이 도시를 봐. 내가 원하던 바야. 난 화려함을 좋아하지. 거리를 가득 메운 욕망하는 인간 군상들에게 나의 영은 흘러가는 거라고."

보라색 벨벳 원피스를 입은 여자는 그렇게 말하고 뒤돌아섰다. 갑자기 여자가 보라색 벨벳 코트를 벗더니 그녀의 어깨에 걸쳐주었다. 그녀는 이상하게도 수의를 입는 음산한 기분이 들어 흠칫 몸이 굳어졌다.

"이 옷을 한번 입으면 어디에 있든 너와 나는 하나로 연결되는 거야."

여자는 눈을 치켜뜨며 입가엔 오묘한 웃음을 흘렸다. 이윽고 그녀의 목덜미에 살짝 입술을 가져다 대더니 홀연히 사라졌다. 그녀는 머리를 세게 한번 흔들었다. 현대판 무당인가? 자신의 강의를 듣는 애청자 중에 접신을 한 여자가 스토커처럼 나타나 엉뚱한 말을 한 거겠지 생각했다. 무당 같기도 하고 정신병자 같기도 한 이상한 여자와의 만남에 대해 더는 깊이 생각하고 싶지 않았다.

지구상에 이세벨 바이러스가 퍼진 날부터 사람들은 2미터 거리를 유지했다. 바이러스는 점점 더 기승을 부렸다. 사람들은 모두 얼굴에 투명 가림막을 쓰고 다녔다. 살짝 어깨만 스쳐도 화들짝 놀라며 그들은 서로를 의심했다. 바이러스는 전파력과 전염력이 강력했다.

이세벨 바이러스는 사람의 몸뿐만 아니라 뇌신경에 침투하여 감정의 변화까지 바꾸는 신종 바이러스였다. 바이러스에 전염된 사람들은 도파민이 과다하게 분비되었다. 특히 성호르몬 분비가 활발해졌다. 동물적 감각을 상승시키는데 탁월한 바이러스 종이었다. 서로 접촉하면 안 된다. 만져도 안 된다. 신체 접촉을 금기시할수록 이성에 대한 호기심은 욕망의 줄기를 뻗어 나가는 걸 멈추지 않았다. 이세벨 바이러스에 노출되면서 사람들은 정신이 다른 차원에 가 있는 것처럼 환각에 사로잡혔다.

사람들은 힐끔거리며 경계의 눈초리를 날카롭게 세웠다. 의심과 불신이 싹트자, 그들 사이의 거리는 점점 더 멀어졌다. 외롭다. 외롭다. 바이러스보다 외로움으로 죽게 생겼네. 그렇게 입 밖으로 내뱉으면서도 바이러스에 대한 공포는 쉽게 다가서지 못하게 검은 장막이 되어 서로를 가로막았다.

결혼생활은 중년에 접어들면서 권태로워졌다. 다른 여자의 남편인 그에게 텔레그램을 보내고 즉시 삭제하는 스릴은 짜릿했다. 그와 몰래 데이트를 위해 모아둔 비자금을 남편 모르게 어딘가에 감춰두는 재미도 쏠쏠했다. 욕망을 분출할 수 있는 파트너가 있다는 것은 매번 그녀를 흥분시켰다.

타락한 도시를 향해 신의 심판이 있었다지. 어느 날 쏟아질지 모르는 소돔과 고모라의 유황불도 두렵지 않았다. 닥치지 않은 미래의 일은 걱정하지 말자. 오늘 하루 즐겁게 사는 거야. 신념처럼 그녀는 매번 중얼거렸다. 그와의 밀착된 관계는 일상의 스트레스를 벗어날 수 있는 즐거움이었다. 결혼 전부터 그녀는 지루한 건 도저히 못 참았다. 신혼의 기쁨도 잠시, 언젠가부터 반복되는 나날들이 무미건조했다.

어느 날 그녀의 가시거리 안에 젊고 잘생긴 남자가 포착되었다. 조각같이 생긴 그의 얼굴과 타고난 언변에 넘어가지 않을 여자는 없었다. 그녀의 일탈은 과감했다. 내일 파멸이 올지라도 오늘 그와 사랑할 거야. 오직 내 인생엔 그만 있을 뿐. 그녀는 출근하는 아침이면 차에 시동을 걸고 여배우 도리스 데이가 불렀던 케세라 세라 노래를 가만히 웅얼거렸다. 인생은 누가 대신 살아주는 것이 아니라고 그녀는 생각했다. 수치심이나 죄책감은 없었다. 자극도 흥분도 없이 길고 긴 세월 한 사람만 사랑하며 살아간다는 것은 그녀에겐 상상할 수 없는 무료함이었다.

이세벨이라는 여자가 나타난 날 이후로 그녀의 집착은 오히려 더 강해졌다. 정말 이상한 일이야. 소울 타이? 미친 소리를 하는 여자와 영혼끼리 묶인다고 생각하니 몸에 소름이 돋았다.

중년이 되자 머리숱이 점점 줄어들기 시작한 그녀의 남편은 세상이 타락했다고 입버릇처럼 말했다. 신문을 봐도 TV를 봐도 간통죄가 법적으로 없어진 후 노골적으로 불륜이 넘쳐나는 이상한 세상이 되었다고 한탄했다. 기사에 넘쳐나는 잘못된 만남의 남녀 간 사건의 결말은 뻔했다. 남편은 흰 머리칼을 손으로 쓸어 넘기며 말했다.

"불나방처럼 뛰어들어 왜들 비극을 자초하는지 몰라. 쾌락이 그렇게 좋은가?"

"그러게."

"이래서 가정이 남아나겠어? 동물의 왕국도 아니고"

매사에 철저하고 빈틈이 없는 남편의 얼굴엔 인생의 이정표는 직진이라고 씌어 있었다. 남편은 입만 열면 주식이 어떻고 주가가 어떻고 오직 재테크 이야기에 열과 성을 다했다. 남편의 손에는 자석처럼 핸드폰이 붙어 있었다. 그녀는 갑갑증이 몰려왔다.

"요즘은 주식이 대세야. 주식에 투자한 사람들은 다 돈 벌었대. 상승장일 때 한 몫 잡아야 하는데."

"분수에 맞게 살면 되지 않아?"

"120세 시대야. 수명이 길어졌어. 노인이 돼서 품위 유지할 정도로 살아남으려면 끊임없이 공부해야 해."

그녀는 젖은 머리를 드라이기로 말리며 시큰둥하게 남편을 바라보았다. 그렇게 살고 싶지 않았다. 그녀가 가장 혐오하는 인간군상은 성인군자인 체하며 고상 떠는 부류들이었다.

쉬는 주말이었다. 남편은 주중에 배달된 택배 상자를 하나씩 뜯더니 책상 한가득 재테크 책을 쌓아놓았다. 오른쪽 옆에는 자기 계발과 건강 관리에 관한 신간 책 몇 권도 있었다. 남편이 앉아있는 의자 옆에는 주식 관련 책과 돈에 관한 책, 심리 서적이 탑처럼 쌓여 있었다.

자신만의 세계가 철저한 남편은 시간을 쪼개 쓰며 계획적으로 살아내느라 외로울 새도 없어 보였다. 근래 들어 따스함이 묻어나는 정서적 교감이나 대화를 해본 기억이 없었다. 오래된 옷을 입은 것처럼 부부 사이가 편한 관계가 되었으나 그만큼 사랑도 낡은 옷이 되어버렸다. 남편에게 경치가 좋은 예쁜 찻집에 다녀오자고 말하려다 그녀는 맴도는 말을 입안으로 삼켰다. 그녀는 갑자기 목이 탔다. 정수기의 찬물을 받아 벌컥벌컥 마시면서 흘끗 곁눈질로 남편을 바라보았다. 함께 보낸 세월이 얼마인지 머릿속으로 헤아렸다. 그녀가 눈동자를 굴리며 말했다.

"운동화에 흙 묻히며 오솔길도 걸어보고 골목길도 돌아봐야 인생이 재미나지."

남편은 책에 시선을 고정하고 말했다.

"사람은 이성을 잃으면 끝이야. 선이 없으면 마음이 무너지는 건 순간이지."

"도덕 선생님 같아."

"당신은 그게 문제야. 생각 없이 사는 것. 미래에 대한 설계도가 전혀 없어."

"난 이대로 좋은데. 생각이 많으면 머리만 아프지."

"끔찍한 결말이 안 되길 바라."

그녀는 남편과 몇 마디 나눌수록 머리가 지끈거렸고 생기가 없어졌다.

어느 때부터인가 남편과 함께하는 하루가 천년 같았다. 족쇄 같은 결혼 생활을 끝없이 이어가야 한다고 생각하니 발바닥부터 지루함이 기어올라 등허리에 오싹 소름이 돋았다.

이세벨 바이러스는 점점 더 창궐했다. 그날 그녀는 종일 지하철을 갈아타고 강의를 다녀왔다. 긴장이 풀렸는지 몸이 으슬으슬했다. 바이러스는 그녀 몸에 마구 총질을 해댔다. 그녀는 집에 돌아와 패잔병처럼 침대에 쓰러졌다. 당분간 그를 못 만난다고 생각하니 나지막한 중저음의 목소리가 환청으로 들렸다. 눈을 감으면 남자가 눈앞에 어른거렸다. 시간이 상대적이라는 말은 이럴 때 쓰는 거구나. 그녀는 일주일이 넘게 끙끙 앓았다. 누워서 중얼거리며 한동안 감지 않아 떡이 된 머리카락을 손가락으로 배배 꼬았다. 그녀는 미친 듯 끓어오르는 그를 향한 그리움에 밤마다 진저리를 쳤다. 얼마 후, 기운을 차린 그녀는 몸의 반응을 언제까지 참고 기다릴 수만 없었다. 바이러스라는 복병은 더 이상 그녀에게 문제가 되지 않았다.

그들은 천사의 나팔꽃 무인 텔에서 만나기로 약속했다. 퇴근 후 그녀는 그곳에 도착했다. 그도 와서 기다리고 있었다. 그들은 차에서 내려 자연스레 무인텔 문 앞에 가까이 다가갔다. 문 앞에 전에 없던 푯말이 세워져 있었다.

- 이 무인텔은 폐쇄되었습니다. 영업하지 않습니다. 이세벨 바이러스에 노출된 손님이 다녀가셨거든요

그녀는 그와 사랑을 속삭일 기대감에 부풀어 있었는데 짜증이 몰려왔다. 무인텔을 되돌아 나오면서 그녀는 화단에 심겨 있는 악마의 나팔꽃

과 천사의 나팔꽃을 바라보았다. 그 앞으로 다가가 꽃 몇 송이를 뚝뚝
꺾었다.

갑자기 남자가 콜록거렸다.

"뭐야. 자기 혹시."

"머리가 너무 아프고 목도 타들어 가는 듯해."

"바이러스가 자기에게 옮아갔나?"

여자는 큰 가방에 넣어두었던 투명 가림막 커버를 꺼내 얼굴에 썼다.
가족 간에도 최대한 접촉하지 말고 2미터 이상 거리를 지키라며 떠들어
대던 아나운서의 뉴스 보도가 떠올랐다. 만지지 말아야 할 것을 만지고
보지 말아야 할 것을 본 그들 사이에 투명 가림막이 하얀 입김에 의해
불투명해지고 있었다.

그녀의 오른손에 들려 있던 핸드폰에 수신음이 울렸다. 문자 한 줄이
떴다. 남편의 문자였다. 다 알고 있어. 핸드폰을 들여다보는 그녀의 손이
떨렸다. 그를 바라보는 그녀의 눈빛이 흔들렸다. 초점이 흐려진 그녀의
눈동자에 불안의 검은 그늘이 드리워졌다.

"남편이 다 알고 있다는데?"

그가 슬며시 그녀를 쳐다보았다.

"에이. 설마."

"정말 다 알고 있으면 어쩌지?"

그가 심하게 기침하다가 이내 이상한 웃음을 흘렸다.

"뭘 어째."

아무렇지도 않게 대답하는 말에 그녀는 당황했다. 그동안 그녀가 알았
던 그가 아닌 낯선 남자 같았다. 잠시 침묵하던 그녀가 말했다.

"알았어. 얼른 병원부터 가봐."

그가 재빠르게 투명 가림막을 쓰더니 자신의 차에 시동을 걸고 꽁무니를 내빼듯 그녀의 시아에서 멀어졌다. 그때였다. 누군가 그녀의 차 앞을 가로막았다. 보라색 벨벳 원피스를 입은 여자였다. 운전대를 잡은 그녀의 얼굴이 파랗게 질렸다. 몸이 부들부들 떨렸다. 그녀는 침착해져야 한다고 생각했다. 창문을 천천히 내렸다. 여자가 흥미롭다는 듯 말했다.

"애초에 너와 내가 하나라고 한 말 기억하지. 네가 가는 곳에 내가 있어."

"당신은 옛날 사람이잖아요. 말이 안 돼요."

여자가 그녀를 빤히 내려다보더니 기묘한 웃음을 지었다.

"흩어진 것들은 다시 모이게 되어 있지. 너도 알잖아. 모든 삶은 반복된다는 사실을."

그녀가 발악하듯 외쳤다.

"이상한 소리 그만해. 당장 꺼져."

"악한 숨결이든 선한 숨결이든 숨결은 영혼 속에 찾아와 깃들게 되어 있어. 숨결은 생명을 취하지. 너에게 나는 이세벨의 영으로 함께 하는 거야."

그녀는 단호한 표정을 지으며 차의 창문을 올렸다. 집 방향으로 차를 몰았다. 보라색 벨벳 원피스 여자는 그 자리에 우두커니 서서 멀어져가는 그녀를 바라보았다. 그녀는 꿈인지 현실인지 분간이 되지 않았다. 손을 꼬집어보았다. 아팠다. 긴장된 마음을 가라앉히느라 습관처럼 라디오를 켰다.

"긴급 속보입니다. 신약이 개발되었다는 소식입니다. 이세벨 바이러스를 정복하려면 천사의 나팔꽃 안에 있는 독성물질을 합성하여 만든 신약을 먹어야 합니다. 그 약을 먹으면 감정이 흥분되는 도파민의 과다한 분비 양을 조절하여 바이러스를 퇴치할 수 있습니다.”

무인텔 화단에서 꺾어온 천사의 나팔꽃에서 퍼져 나오는 짙은 꽃향기가 차 안에 가득 퍼지고 있었다. 그녀는 집 방향으로 급하게 좌회전을 했다. 남편에게서 전화가 왔다.

“어디쯤이야.”

“거의 다 왔어.”

현관문을 열고 들어선 집안은 캄캄했다. 오싹 무섬증이 몰려왔다. 그녀는 내팽개치듯 구두를 벗어 던지고 거실 입구 벽에 붙어 있는 전기 스위치를 눌렀다. 남편은 거실 테이블에 석고상처럼 앉아 있었다. 그늘이 깊게 드리워진 남편의 건조한 옆얼굴이 보였다. 그녀는 남편 곁으로 겁먹은 아이처럼 조심스레 다가섰다. 허리를 꼿꼿이 세우고 앉아 있는 남편에게서 얼음송곳 같은 차가운 기운이 느껴졌다. 그녀는 테이블 의자를 뒤로 빼고 남편 곁에 가만히 다가가 앉았다. 거대한 벽 같은 침묵이 한동안 이어졌다. 이따금 남편이 호흡을 가다듬느라 입을 앙다물고 마른침을 삼키는 소리가 들렸다. 그녀는 곁눈질로 남편을 슬며시 쳐다보았다. 평소 침착하고 이성적이던 남편의 눈빛이 아니었다. 남편의 마음 깊은 곳에서 들끓고 있는 깊이를 알 수 없는 소용돌이가 느껴졌다. 남편의 입에서 어떤 말이 튀어나올지 겁이 났다. 남편의 표정이 일그러졌다.

“당신 잘 때 핸드폰에 뜬 텔레그램 문자 우연히 보았지.”

그녀는 크게 심호흡을 했다.

“무슨 말이야?”

"다 캡처해 놓았어."

그녀의 얼굴에서 핏기가 사라졌다. 손에 진땀이 났다. 끝 모를 두려움이 몰려왔다. 그녀의 세계에 쩍쩍 균열이 가는 소리가 귓가를 때렸다. 남편을 벗어나고 싶었는데 이율배반적으로 그녀는 단단한 울타리가 필요하다는 걸 자각했다.

"뭘 안다는 거야. 언제 알았어?"

"너에게서 색다른 냄새가 날 때."

"오해야."

남편의 얼굴이 일그러졌다. 두 주먹을 움켜쥔 손등위로 불끈 파란 힘줄이 솟아났다.

"너와 나 사이가 이렇게 쉽게 부서지는 거였어."

"제발. 아니야. 믿어줘."

남편이 주먹으로 테이블을 쾅 내리쳤다. 남편의 눈빛이 단호했다.

"이세벨 같은 여자. 넌 음행과 쾌락의 영에 붙들린 이세벨이야."

"절대 아니야."

남편이 목소리에 힘을 주었다.

"당신 강의를 온라인에서 종종 들었지."

"당신은 나에게 무관심했잖아."

"성서에 나오는 이세벨 왕후의 최후가 어땠는지 잘 알지? 죽을 줄 모르고 말이야. 마지막 순간이 눈앞에 다가온 줄 모르고. 눈 화장을 짙게 하고 머리를 화려하게 꾸민 뒤 창가에 앉아 반란군의 수장 예후를 유혹하듯 기다렸어. 예후가 내 편이 될 자가 누구냐고 소리치며 여왕을 창밖으로 내던지라고 말했지. 내시들이 이세벨 여왕을 뒤에서 밀어 창에서 떨어뜨렸어. 여왕의 피가 담벼락과 말에 튀었고 반란군 장수 예후가 탄 말이 그녀의 몸을 마구 짓밟았지. 탐욕과 쾌락의 여왕 이세벨의 시체는 예언대로 땅에 버려져 개들에게 뜯어 먹혔어. 왕의 딸인 이세벨. 그 여자를 명을 받은 자가 묻어주러 나가 보니 팔과 다리, 몸통은 흔적도 없이 사라졌고 해골과 손과 발만 남아 있었다지. 들개들의 밥으로 온몸이 형체도 없이 사라진 거야. 예후는 이세벨의 시체가 '똥'과 같이 되었다고 조롱했지. 당신이 수없이 강의하던 내용이야."

그녀가 애절한 눈빛으로 남편의 팔을 잡아당겼다. 그녀의 목소리가 떨렸다.

"늪에 빠진 거 같아. 당신 도움이 필요해."

"뭐?"

남편이 거칠게 그녀의 손을 쳐냈다.

"넌 내 등에 칼을 꽂았어. 너와 나 끔찍한 결말이 안 되길 바라."

그녀가 힘없이 중얼거렸다.

"내가 잠깐 눈이 멀었어."

"짐승, 그게 너야. 넌 사람이 아니야."

그녀가 머리를 세차게 흔들었다.

"나도 좋은 아내가 되고 싶어."

"좋은 아내?"

그녀의 남편이 한바탕 허허롭게 웃었다.

"너는 노골적으로 나를 짓밟은 거야. 양심의 가책도 없이."

"그건 아니야. 어쩌다 그만. 정말 잘못했어."

남편이 어깨를 들썩이며 숨을 크게 내쉬었다. 이내 얼굴에 투명 가림막을 쓰고 입 가까이 끌어당겼다. 남편이 손가락으로 현관문을 가리켰다.

"꺼져."

그녀는 당황했다.

"제발. 한 번만 기회를 줘."

남편이 단호한 표정을 지으며 다시 손으로 현관을 가리켰다.

"나가."

그녀가 무릎을 꿇고 두 손을 모았다.

"용서해 줘."

"가정의 소중함을 시궁창에 버린 너."

그녀가 몸을 움츠렸다.

"정말 미안해."

부들거리며 두 주먹을 꽉 움켜쥔 남편의 눈에 살기가 어렸다.

"여기에 네 자리는 없어. 이미 잃어버린 집이야. 내 집에서 나가."

그녀는 남편의 분노가 돌이킬 수 없는 지점에 다다랐다고 생각했다. 꿇었던 무릎을 펴고 비틀거리며 일어섰다. 다리를 절뚝거리며 세상에서 가장 나약한 모습으로 침실이 있는 안방으로 향했다. 구부정하게 앉아 몇 가지 물건과 옷을 대충 챙겨 거실로 나왔다. 남편이 매몰차게 현관 밖으로 그녀를 밀어냈다. 이내 문이 꽝 닫혔다. 이중 잠금장치를 하는 소리가 들렸다. 남편의 보호 아래 안온하게 살던 집이 그녀를 거부하고 있었다. 현관문을 있는 힘껏 쾅쾅 두드렸다.

"문 열어줘. 들여보내 줘. 미안해. 두 번 다시 이런 일 없을 거야. 제발."

그녀는 혹시나 문이 열리길 바라며 문 앞에 한동안 서 있었다. 끝내

문은 열리지 않았다. 그녀는 자포자기 심정으로 주저앉았다. 숨이 쉬어지지 않았다.

그에게서 텔레그램 문자가 온건 그때였다.

'강력한 이세벨 바이러스에 내 몸이 노출되었대. 의식이 점점 흐려져 가는데 아마도 마지막 문자가 될 것 같아. 의사들이 와서 내 입에 호흡기를 연결한다고 우왕좌왕하고 있어. 눈앞에 검은 천사가 보여. 나를 보며 히죽히죽 웃고 있는 하얀 악마도 보여. 몸이 캄캄한 어둠 속으로 빨려 들어가는 것 같아.'

그녀의 몸에서 그의 냄새를 지울 때가 되었다는 것을 마음이 경고하고 있었다. 그녀는 소돔과 고모라 땅의 소금기둥이 되고 싶지 않았다.

밤늦은 시각이었다. 엘리베이터가 올라오는 불빛이 보였다. 이웃집 여자면 어쩌지. 그녀는 옷매무새를 가다듬고 눈물로 얼룩진 얼굴을 손으로 닦았다. 엘리베이터 문이 열렸다. 보라색 벨벳 원피스를 입은 여자가 서 있었다. 그녀는 그 자리에 얼어 붙었다. 여자는 미소를 지으며 그녀에게 다가왔다. 여자가 엘리베이터에서 나오면서 말했다.

"홀가분하지 않아? 자유로워진 영혼."

"전혀요."

"개에게 온몸이 뜯어 먹히는 처절한 공포, 그 기분 어떤지 알아?"

"조금 알 것 같아요. 지금 처절하거든요."

"나는 시공을 넘어 너에게 온 거야."

그녀가 처음으로 여자에게 악을 썼다.

"그 말이 사실이라면 날 간섭하지 말고 떠나가. 가버리라고!"

여자가 보라색 벨벳 원피스를 추스르며 수심에 찬 눈으로 그녀를 바라보았다.

"진심이야? 너의 영혼이 부르는 소리를 듣고 기원전 9세기에서 건너온 건데."

"내가 불렀다고? 난 지금 광풍 한가운데 난파되기 직전이라고."

"집에 들어가야지."

그녀가 핏기 잃은 얼굴로 고개를 숙였다.

"잃어버린 집이 되었다고요."

"너의 탐심이, 너의 음란이, 너의 욕심이 잠자던 나를 불러낸 거야."

"단지 솔직한 감정에 본능이 반응한 것뿐이라고요."

"네가 일탈 행위를 했을 때 네 안의 선은 죽었어. 그때 너와 나는 이세벨의 영으로 하나가 된 거야."

여자는 그 말을 마지막으로 등을 돌리고 그녀에게서 멀어져갔다. 여자가 떠난 자리에 오랫동안 비워둔 집에서 나는 곰팡이 특유의 퀴퀴한 냄새가 났다.

강사들이 모인 톡 방에 부고 문자가 떴다.

급성 이세벨 바이러스에 노출된 OOO 강사가 사망하였습니다. 장례식장은 바이러스 전파의 문제로 개방하지 않습니다. 마음으로 함께 애도해주시기 바랍니다.

그녀는 절망했다. 누구를 향한 분노인지 알 수 없는 좌절감에 핸드폰을 만지는 그녀의 손이 심하게 떨렸다.

내가 무얼 그리 잘못했다고. 난 그저 감정에 충실한 사랑을 했을 뿐이야. 도덕 교사같이 흐트러짐 없는 남편의 성향이 나와 맞지 않았을 뿐이라고. 새의 깃털처럼 자유로웠으면 했어. 구멍 뚫린 마음을 어루만져주는 따뜻한 바람을 품었을 뿐이라고. 난 외로웠어. 그거야. 나만의 동굴에 사랑을 초대한 거라고. 사회적 통념이 뭐 그리 중요해.

남편과의 불협화음과 서로를 향한 냉랭함 때문이었다고 변명하고 싶었다. 허공을 향해 보이지 않는 대상에게 삿대질했다. 이것이 꿈이길, 그리하여 자고 일어나면 아무 일이 아니기를 바랐다.

그녀는 살고 싶었다. 그녀를 둘러싼 매듭을 끊어내면 자유로울 줄 알았는데 홀로 희망 없이 외로운 영혼이라는 사실이 뼛속까지 파고들었다. 그녀를 둘러싼 세계가 어지럽게 흔들리고 있었다. 아까부터 머리가 지끈거렸는데 날카로운 통증이 더 심해졌다. 목이 너무 아팠고 숨쉬기가 괴로웠다. 갑자기 기침이 났다. 발작적인 기침이 멈추지 않았다. 숨이 넘어갈 듯 기침하던 그녀가 무언가 뜨거운 것을 토해냈다. 붉은 핏덩어리였다. 그녀의 몸이 푸르스름해지면서 여기저기 반점이 돋아났다. 온몸이 추웠다. 그녀는 눈을 감았다. 따뜻한 물을 한 모금 마시고 싶었다. 의식이 흐릿해졌다. 흑암이 덮쳐오듯 어둠의 그림자가 그녀에게 스며들고 있었다.

그녀는 몸을 떨면서 간신히 지하 주차장으로 내려갔다. 운전대를 붙잡고 가까운 병원으로 향했다. 남편을 배신한 것이 가혹한 일이었다는 걸 생각했다. 남편과 그녀 사이에 사랑의 밀도가 약해진 지가 언제부터였는지, 습관적으로 대화하며 익숙한 것에 대해 제대로 된 가치를 부여하지 않았던 시간이 물밀듯 후회로 밀려왔다.

4차선 도로로 나왔다. 머리가 어지러웠고 시야가 가물가물했다. 차선이 제대로 보이지 않았다. 운전대를 꽉 잡았다. 지그재그로 운전하던 그녀는 중앙선을 침범하여 마주 오는 차와 부딪힐 뻔했다. 아슬아슬하게 피했다. 저 앞에서 큰 화물트럭이 달려오고 있었다. 화물트럭이 괴물처럼 입을 벌렸다. 엄청난 굉음이 들렸고 눈앞이 번쩍했다. 차가 부딪히면서 그녀의 운전석 위로 차창의 깨어진 유리 조각이 튀어 들어왔다. 유리 조각이 박힌 그녀의 머리 위로 뜨겁고 끈적거리는 액체가 뚝뚝 흘러내렸다. 손을 이마에 가져다 대었다. 붉은 피였다. 이전에 경험해 보지 못했던 무서운 통증이 몰려왔다. 몸이 떨렸다. 악몽은 아니겠지. 주변의 차에서 내린 사람들이 그녀 쪽으로 급히 뛰어오는 것이 희미하게 보였다. 눈앞이 캄캄해졌다. 그녀는 운전대를 붙잡고 아득해지는 의식을 부여잡으려 안간힘을 쓰다 이내 깊은 암흑 속으로 가라앉았다.

조수석에 내팽개쳐두었던 천사의 나팔꽃에서 품어 나오는 지독한 향기가 그녀의 몸에 스며들고 있었다.

200등에서 시작한 기적

조미구

민준이는 200등을 했다.

고등학교 1학년 1학기 성적이 400명의 전교 학생 중에 딱 중간을 기록한 것이다. 같은 반에 민준이보다 좋은 성적을 받은 친구들을 돌아보니 대부분 고등학교에 들어오기 전에 미리 선행으로 국어, 영어, 수학을 공부하고 온 친구들이었다. 민준이는 영어, 수학 학원만 다녔는데 선행을 전혀 하지 않았고 시험 진도에만 겨우 맞춰서 공부했었다.

민준이를 더욱 기분 나쁘게 하고 화가 나게 한 것은 민준이보다 좋은 성적을 받았지만 학습 태도는 아주 안 좋은 친구들이었다. 민준이 바로 앞에 앉은 정수와 승현이가 바로 그런 학생들이었다. 수업 시간에 그 두 명의 친구는 잠을 자거나 떠들면서 민준이가 공부에 집중하는 것을 방해했다.

조미구

서울대학교 졸업. 숭실사이버대 방송문예창작학과 졸업.
「영남일보」주부수필대회 가작 수상
「크리스천 문학나무」 신인작품상 소설 당선 등단.
소설 『아홉 빛깔 사랑』
현) 새샘물교회 사모. 조이록북스 출판 대표
　　유튜브: 새샘물TV

가장 심하게 방해할 때는 이 두 친구가 주먹다짐하면서 싸우기까지 했다. 여자 선생님 시간에 그런 일이 여러 번 있어서 두 명 모두 교실 밖으로 쫓겨나고 두 손 들고 벌도 섰다. 하지만 그때뿐, 안 좋은 학습 태도는 고쳐지지 않았다.

그런데 이 두 친구가 성적표를 받고 서로 몇 등이냐, 몇 등급이냐, 이야기를 나누는 것을 어깨너머로 들었는데 정수는 전교 95등, 승현이는 80등이라고 했다. 그 말썽꾸러기 친구들이 민준이보다 훨씬 좋은 성적을 받은 것이다. 정수와 승현이보다 자신의 성적이 훨씬 안 좋다는 것이 민준이를 더욱 분개하게 했다.

"반드시 다음 시험부터는 그 친구들보다 더 좋은 성적을 받아서 서울에 있는 미디어커뮤니케이션학과에 합격하고야 말 거야!"

민준이는 자신의 초라한 성적표를 부모님께 보여 드리면서 너무 죄송했다. 하지만 이번 여름방학부터 열심히 노력해서 다음 시험부터는 눈에 띄게 달라진 성적표를 보여드리겠다고 말씀드렸다.

민준이는 1학기 때 절대 놀거나 공부를 안 한 것은 아니었다. 주중에는 영, 수 학원을 열심히 다녔고 주말에는 스터디카페에 항상 갔다. 밤늦게 새벽 2~3시까지 공부하는 날도 많았다. 점심시간에 친구들과 급식 먹는 시간도 아까워서 혼자 빵과 음료수를 사 먹으면서 공부했다. 그렇게 노력했는데도 전교 200등이라는 처참한 성적이 나왔으니 어떻게 만회를 할 수 있을까 참 고민스러운 일이었다.

민준이는 중학교 때 농구부 선수였지만 상위권의 성적을 항상 유지했었다. 부모님들도 고등학교 와서 중학교 때보다 너무 많이 떨어진 민준이의 성적에 깜짝 놀랐다. 하지만 민준이 성적을 어떻게 향상할 수 있을지 함께 해결 방안을 찾아주었다.

우선 민준이가 다니는 영어, 수학 학원을 계속 다닐지 검토해 봤다. 민준이가 다니는 영어 학원이 고등 전문 학원이 아니라는 것을 알게 됐다. 그래서 민준이 학교 내신과 수능을 대비할 수 있는 고등 전문 영어 학원으로 바꿨다. 수학 학원은 민준이 이모부가 운영하는 학원에 다니기로 했다. 다행히 민준이네랑 집도 가까웠다. 국어와 과학도 혼자 하지 않고 고등 전문 학원에 다니기로 했다.

민준이 학원을 알아볼 때 학원 선생님들이 민준이가 다니는 제일고등학교의 출제 경향과 내신 대비를 어떻게 해야 하는지 알려주었다. 학원 선생님들은 대부분 10년 이상의 경력을 가진 분들이었다. 민준이가 다니는 학교 선생님들이 대부분 시험 문제를 아주 어렵게 내신다고 했다. 그래서 전체 평균이 50~60점인 과목이 대부분이라 했다.

교과서에 있는 내용을 토대로 출제하지만 응용해서 더 어렵게 낼 때가 많고 설명 없이 나눠주신 프린트에서 문제를 내는 경우도 많다고 했다. 학원 선생님들은 다년간 제일고등학교 내신 문제를 분석해서 학생들에게 가르치고 있었다. 학원에 다니는 학생들이 대부분 내신 시험에서 70~80점 이상의 점수를 받아온다고 했다. 민준이와 부모님들은 학원 선생님들을 믿고 여름방학부터 국, 영, 수, 과 4과목을 모두 학원에 다니기로 했다.

민준이는 지금 자신이 200등인데 가고 싶은 고려대 미디어학부나 서울대 언론정보학과를 가려면 국어, 영어, 수학, 과학 모두 1등급 이상이 나와야 한다는 것을 알게 됐다. 민준이는 중학교 때 농구부를 했는데 NBA 농구 경기를 재미있게 편집하거나 학교 대항 농구부 시합을 하는 동영상 등을 자신의 SNS에 많이 올렸다. 그때 구독자도 많았고 어떤 동영상은 몇만 조회수가 나오기도 할 정도로 인기 있는 채널이었다. 고등학교에 진학하면서 지금은 공부에 집중하기 위해 계정을 닫아놓은 상태인데 그때의 경험을 토대로 미디어커뮤니케이션학과 쪽으로 진로를 정한 상태였다.

민준이는 전교 200등의 성적으로 서울에 있는 미디어커뮤니케이션학과에 입학하고자 하는 자신의 꿈을 이루려면 어떻게 성적을 올려야할까 마음속엔 걱정이 앞섰다. 방문을 잠그고 혼자 침대에 누워 곰곰이 생각을 해봤지만, 좋은 생각이 떠오르지 않았다. 이렇게 몇 시간 누워서 생각하다 보면 낮잠만 자겠다 싶어서 동네 농구장에 가서 혼자 농구했다.

"오, 이게 누구야? 민준이 아냐? 반갑다, 민준아!"

"어, 정우형! 나도 반가워요. 형도 농구하러 왔어요?"

"요 앞에 꿈나무 도서관에서 공부하고 있었는데 잠깐 머리 식힐 겸 농구하러 왔어. 누가 농구를 하고 있나 했더니 우리 민준이가 여기 있었구나."

정우형이랑 민준이는 같이 잠시 농구하고 꿈나무 도서관 바로 앞에 있는 카페에서 팥빙수를 먹으며 이야기를 나눴다.

"날씨가 너무 더워서 농구를 오래 못 하겠다, 그치? 민준아, 팥빙수는 형이 사줄 테니까 맛있게 먹고 공부 열심히 하렴."

"네, 고마워요, 형. 근데 저 큰 걱정이 하나 생겼어요."

"아니, 무슨 일인데 그래?"

"어제 1학년 1학기 최종 성적표가 나왔는데 400명 중에 겨우 200등을 했어요."

민준이는 기어들어 가는 목소리로 자신의 성적을 이야기하고는 고개를 푹 숙였다. 민준이 눈에는 눈물이 흘러나왔다.

정우형은 중학교 때 같이 농구부를 했던 선배인데 지금은 민준이랑 같은 제일고등학교 2학년에 다니고 있다. 정우형은 농구도 잘했지만, 지도력도 있어서 제일고등학교 학생회장이고 성적도 최상위권을 항상 유지하는 모범생이었다. 갑자기 눈물까지 흘리는 민준이의 모습을 보고 정우형은 깜짝 놀란 표정을 지었다.

"아이고, 우리 민준이가 성적이 잘 안 나와서 많이 걱정하고 있구나! 형도 중3때 고등학교에 입학하면 중학교 때보다 문제가 많이 어려워서 성적이 잘 안 나오니까 공부를 아주 많이 해야 한다는 이야기를 들었어. 형한테 의대를 다니고 있는 성우라는 형이 있거든. 성우형이 내가 고등학교 들어갈 때 해준 이야기가 몇 가지 있는데 고등학교 들어갈 때 미리 국, 영, 수를 예습해야 한다고 했어. 그리고 공부는 엉덩이로 하는 게 아니고 효율적으로 하는 게 중요하다고 했지. 성우형이 그러면서 꿈나무 도서관에서 공부법에 관한 책들을 읽어보고 많이 도움받았다고 나한테도 좋은 책들을 많이 소개해 줬단다. 나도 그 책들을 읽고 도움을 많이 받았는데 같이 도서관에 가볼래?"

그러면서 정우형은 자신의 손수건을 꺼내서 민준에게 줬다.

"자, 민준아, 눈물 닦고 힘내!"

민준이는 정우형과 함께 꿈나무 도서관으로 갔다. 정우형은 민준이를 데리고 공부 방법에 관한 책들이 꽂혀 있는 서가로 안내했다. 공부 방법에 관한 책들이 커다란 책장 몇 개를 가득 채우고 있었다.

"여기 책장에 있는 책들을 잘 찾아봐. 이렇게 공부법에 관한 책들이 많으니 분명 이 책 중에 너를 도와줄 책들이 있을 꺼야. 자, 그럼 굿 럭 투유!"

민준이의 귀에 조그맣게 말하고는 정우형은 공부하러 갔다.

그 책장들에는 '수능 만점' 또는 '서울대 인문계 수석 입학', '서울대 자연계 전체 수석, 의예과 합격' 등의 꿈을 이룬 사람들의 수기들이 많이 있었다. 하지만 민준이는 자신에게 필요한 책은 꼴찌를 하다가 수석을 하게 된 사람의 수기라는 생각이 들었다. 어차피 천재로 태어나서 항상 좋은 성적을 거두다가 수능을 다 맞아서 대학을 간 사람들의 경험담은 자신에게는 필요 없다고 생각한 것이다.

'꼴찌가 1등이 된 수기를 쓴 책이 정말 있을까?'

민준이는 그런 책이 정말 있는지, 자신이 지금은 200등이지만 고3이 됐을 때는 상위 10% 1등급에 들어가는, 즉 전교 400명 중의 40등 안에 들 정도로 성적이 향상될 수 있을지 긴가민가했다. 민준이는 공부법들이 모여있는 책장들을 샅샅이 뒤지면서 꼴찌가 1등이 되는 스토리를 써 놓은 책들이 있나 찾아봤다. 놀라운 것은 꼴찌에서 수석으로 성적을 향상한 수기와 공부 방법에 관한 책들이 30여권은 됐다. 도서 검색대에서 검색해 보니 "꼴찌"라는 단어가 제목에 들어간 책도 도서관 전체에서 50권이 넘게 있었다.

민준이는 그런 책들을 하나하나 읽어보면서 중요한 것을 하나 깨닫게 됐다. 공부를 잘하는 "방법"이 있다는 것이다. 정우형의 형인 성우형이 말한 "효율적인 공부법"이 이걸 말한 것인가 보다 하는 생각도 들었다.

민준이는 항상 영어 단어를 외울 때 단어장을 보면서 종이에 영어 단어랑 한글 뜻을 써가면서 외웠다. 그런데 알고 보니 그렇게 공부하는 것이 고생스럽기만 하고 머리에 남는 것이 별로 없는, 효과적이지 못한 방법이었다. 같은 시간을 공부해도 머릿속에 더 많은 지식이 남도록 하는 과학적이고도 효율적인 "공부 방법"을 알아내서 실천하는 것이 현명하다는 것이다. 민준이는 이제 새벽 2~3시까지 공부하는 습관을 버리고 밤에 8시간 정도 충분히 자기로 결심하고 실천하게 됐다. 점심도 친구들과 급식을 맛있게 함께 먹고 나머지 시간에 공부하기로 했다. 고등학교 와서는 공부한다고 농구를 전혀 안 했는데 1주일에 2~3번 운동하는 것이 오히려 성적 향상에 도움이 된다고 하여 친구들과 점심시간에 가끔 농구도 하기로 했다.

민준이는 여름방학 초반에 갑자기 학원을 네 군데나 다니기 시작하니 적응하는 데 많이 힘들었다. 숙제를 다 하지도 못했는데 또 다른 학원 수업을 들어야 할 때도 많았다. 하루 종일 학원 수업을 듣다가 혼자 복습하는 시간을 갖지 못하고 하루를 마감해야 하는 날도 있었다.

민준이는 여름방학 동안 이모부 강철 선생님의 수학 특강 수업을 듣기로 했다. 월, 수, 금 아침 7시 30분~10시까지 2시간 30분씩 공부했다. 원래 이 시간에 수업이 없었는데 민준이만 특별히 1:1로 가르쳐주신 것이다. 강철 선생님은 민준이의 엄마가 고등학생일 때도 가르치셨다는데 그때부터 "수학의 신"이라는 별명으로 불리셨다고 했다. 민준이 엄마는 민준에게 강철 선생님처럼 어려운 수학을 이해하게 쉽게 가르쳐주시는 선생님이 없으니 잘 배워보라고 하셨다. 민준이의 수학 성적은 5등급 중의 3등급이었다. 강철 선생님은 이렇게 말씀하셨다.

"민준아, 수학은 어려운 과목이야. 그래서 학년이 올라갈수록 그만두는 학생들도 많단다. 하지만 수학은 다른 과목보다 배점이 높기 때문에 절대 그만둬서는안 돼. 네가 끝까지 수학을 포기하지 않고 노력한다면 분명히 네가 가고 싶은 대학에 합격한 너 자신을 꼭 만나게 될 거야!"

2시간 30분의 수업 시간 동안 40분 수업, 30분 문제 풀이, 10분 휴식, 다시 40분 수업, 30분 문제 풀이 이렇게 수업이 진행됐다. 강철 선생님이 내주신 문제를 다 풀지 못하면 더 풀다가 집에 가는 날도 많았다. 한 달이라는 짧은 방학동안 중학교 과정, 1학기 과정의 복습과 2학기 과정의 예습을 병행했다. 강철 선생님의 설명은 친절하고도 명확했다. 숙제도 많이 내주셨는데 민준이는 그것들을 다 해가려고 많이 노력했다.

두 번째로 중요한 과목은 영어였다. 민준이가 새로 다니는 영어학원은 영어의 기초가 되는 단어 암기와 문법 정리를 더욱 체계적으로 할 수 있도록 자체 교재를 가지고 학생들을 가르쳤다. 인터넷 강의로 제공되는 수업도 있어서 그것도 들어야 했다. 이 영어학원도 1:1로 학생의 실력 수준에 맞추어 열정적으로 가르치는 학원이었다.

국어학원에서는 고전문학을 배우기 시작했다. 2학기부터는 고전시가, 고전소설이 시험에 나오기 때문에 현대 문법뿐만 아니라 중세국어 문법도 공부해야 했다. 민준이는 1학기 때 국어를 혼자 공부해서 4등급으로 성적이 안 좋았다. 국어 시험을 볼 때 문제와 선지가 암호같이 느껴질 만큼 어려웠다. 하지만 국어학원에서 체계적으로 배우니 많은 부분이 이해가 가기 시작했다.

과학은 1학기 때 민준이가 아예 포기했던 과목이었다. 과학 학원에서 교재를 2개나 공부하고 제일고등학교에서 몇 년간 출제했던 내신 문제들을 갖다가 풀면서 시험을 대비하니 어려운 과학도 쉽게 느껴지기 시작했다. 민준이는 과학 학원에 다니면서 '과학도 공부해 보니 재밌구나!'하는 생각을 처음 하게 됐다.

여름방학이 끝나고 학교가 시작되니 또 하나의 문제가 생겼다. 이제 학원만 다니는 것이 아니라 학교도 다녀야 하니 학교 수업도 듣고 숙제도 해야 하고 수행평가도 봐야 하는 것이다. 아침에 가던 수학 학원을 저녁에 가야 하니 수학학원 시간을 월,수로 줄이고 다른 학원 시간도 조정을 했다.

민준이가 꿈나무 도서관에서 읽은 공부법에 관한 책들의 내용을 보면 복습을 그날 꼭 해야 한다고 했다. 가장 좋은 복습법은 "백지 복습법"이라고 했다. 학교에서 집에 돌아왔을 때 백지 한 장을 꺼내서 그날 공부한 내용이 어떤 것이었는지 다 써보는 것이다. 써보다가 막히는 부분이 있으면 꺼내서 다시 읽어보면서 기억을 되살리라고 했다.

또 수업 시간에 필기를 잘해야 하는데 선생님이 하시는 농담까지도 다 적어 놓으라 했다. 수업을 안 들은 사람이 필기한 내용을 봐도 어떤 수업 내용이 있었는지 이해가 갈 정도로 자세하게 적으라고 했다. 아예 교과서 "목차"를 외우라는 내용도 있었다. 학교 선생님들과 친하게 지내고 질문을 자주 하라는 내용도 있었다.

민준이는 꿈나무 도서관에서 공부법에 관한 책들을 읽으면서 알게 된 지식을 활용하고 실천하려고 노력했다.

민준이는 여름방학 후에 본 1학년 2학기 중간고사에서 전교 180등을 했다. 국어가 4등급 -〉 3등급으로, 과학이 5등급 -〉 3등급으로 올라서 20등이 올라간 것이다. 영어와 수학은 성적이 조금씩 올랐지만, 등급은 3등급으로 동일했다. 하지만 과학 성적이 29점에서 92점으로, 수직으로 상승했다! 민준이는 과학이 1,2등급이 나오지 않을까 기대했는데 이번 시험 문제를 선생님께서 너무 쉽게 내셔서 만점자가 많이 나오는 바람에 3등급을 받았다. 하지만 국, 영, 수, 과 4과목이 다 조금씩 성적이 올라서 민준이는 많이 기뻤다. 민준이는 과학을 92점 맞은 후에 과학 공부하는데 재미가 들려서 추석 연휴에도 계속 과학 공부를 할 정도였다.

"다음에는 과학 만점 받아야지! 그다음에는 수학이다!"

하면서 공부를 잘하고자 하는 열의를 불태웠다.

민준이는 강철 선생님께 수학을 3등급에서 2등급, 1등급으로 올리려면 어떻게 해야 하냐고 질문했다. 강철 선생님의 대답은 다음과 같았다.

"평소에는 수학공부하는 데 시간을 가장 많이 써야 해. 하지만 중간, 기말고사를 볼 때는 전 과목 시험을 보니까 수학 공부 시간을 줄이고 나머지 과목들의 공부 시간을 적절히 안배해서 시험공부를 해야 한단다. 중간, 기말이 되기 전에 미리미리 수학 공부를 끝내놔야 한다는 거야.

여름방학 때 선생님이랑 2학기 예습을 좀 했는데 기말고사 시험 범위는 아직 못했어. 기말 때 집합과 명제, 함수와 그래프 등을 시험 보는데 선행을 한 친구들은 두세 번째 보는 내용인데 너는 처음 보는 내용이니까 더 어려울 수 있을 거야. 하지만 다행히 이전에 배웠던 단원들과 연관성이 없이 처음 나오는 개념들이니까 새로운 개념을 이해하는 데 집중해 봐. 그 다음엔 쉬운 문제부터 유형별 문제 풀이, 정확하고 깔끔한 실전 대비 훈련을 해야지."

민준이는 12월에 기말시험을 보는데 10월 초인 추석 연휴에 가족과 친척들을 잠깐 만나는 시간을 제외하고는 계속 공부에 몰두했다. 민준이는 국, 영, 수, 과 4과목을 학원에 다니면서 계속 열심히 공부했고 역사, 사회 과목은 원래 좋아하는 과목이어서 2등급 정도로 성적이 나왔다.

1학년 2학기 기말고사에서는 전교 145등을 했다. 180등에서 35등이 또 올라간 것이다! 과학을 한 개 틀려서 96점을 맞았는데 2등급이 됐고, 수학이 여전히 78점으로 3등급이긴 했지만 80점부터 2등급이라니까 거의 2등급 수준으로 향상됐다. 국어, 영어는 3등급을 받았다.

민준이는 고1 겨울방학을 맞이했다. 민준이네 학교에서는 매년 3월, 6월, 9월, 10월에 수능에 대비하기 위해서 모의고사를 봤다. 모의고사는 내신 성적에 들어가지 않는다. 민준이도 고1 때 모의고사를 계속 봤는데 준비하고 시험을 본 게 아니어서 성적은 형편없었다. 민준이의 부모들은 민준이가 모의고사도 잘 보기를 바랐지만, 성적에 들어가지 않으니까 너무 스트레스를 주지 않기 위해 모의고사 공부하라는 말은 그동안 안 했다. 이번 방학이 지나면 벌써 고등학교 2학년이 된다. 이제는 모의고사도 신경 써서 공부해야 하는 시기가 된 것이다.

민준이는 강철 선생님께 수학 내신과 모의고사를 다 잘 보려면 어떻게 해야 하냐고 여쭤봤다. 강철 선생님은 다음과 같이 방법을 알려주셨다.

"2학년 때 수학 내신과 모의고사를 다 잘 보려면 기초가 튼튼해야 해. 2학년이 돼서 모의고사를 볼 때마다 범위가 나올 거야. 그러면 그 범위에 해당하는 내용은 빠짐없이 공부해서 대비를 해야 해. 만약에 그렇게 대비하지 않으면 다음 모의고사에서 지난 시험에서 빠진 부분까지 공부하려고 하면 더 힘들어지게 될 거야. 이번 겨울방학이 아주 중요한데 1학년 때 배운 공통수학1, 2를 제대로 복습하고 2학년 때 배울 대수, 미적분, 확률과 통계를 예습해야 한단다. 그리고 공통수학1, 2의 내용 중에 대수, 미적분, 확률과 통계와 연관된 부분을 복습해야 해. 지난 여름방학 때 했던 것처럼 겨울방학 특강을 하도록 하자. 이번에 특강 할 때는 네가 미리 개념을 정리해 와서 나한테 설명하는 방법으로 발표 수업을 하자꾸나."

겨울방학이 되자 민준이는 지난 여름방학 때처럼 월, 수, 금 아침 7시 30분~10시까지 2시간 30분씩 수학 특강 수업을 들었다. 지난번 수업과 조금 달라진 점은 가만히 앉아서 강철 선생님의 수업을 듣고 있는 것이 아니라 민준이가 그날 공부할 주요 개념과 주요 문제의 풀이까지 선생님 앞에서 발표해야 한다는 것이었다. 강철 선생님께서 다른 사람에게 설명하는 수업을 하는 것이 자신의 실력 향상에 가장 도움이 된다고 하시면서 이번 방학부터 새롭게 도입하신 수업 방식이었다.

민준이는 이 수업 방식이 부담이 많이 되면서도 효과가 좋다는 것을 깨닫게 됐다. 집에서 혼자 발표 연습을 할 때 엄마나 아빠 앞에서 하거나 집에 있는 여러 강아지, 고양이 인형들을 모아 놓고 마치 여러 사람 앞에서 발표하는 것처럼 하면서 연습하니 혼자 하면서도 아주 재미있게 할 수 있었다. 강철 선생님은 매일 민준이의 설명을 들으시면서 잘못된 부분은 고쳐주시기도 했지만, 대부분은 최대한 잘했다고 칭찬을 많이 해 주셔서 민준이의 기를 살려주셨다. 민준이는 발표할 때 재밌는 농담을 섞어서 하기도 했는데 강철 선생님까지 자주 웃게 만드는 재치있는 학생이었다.

고2 1학기 동안 민준이는 3, 6월의 모의고사, 4월 중간고사, 6월 기말고사 이렇게 4번의 큰 시험을 봤고, 수행평가도 여러 가지를 봤다. 고2 1학기가 지난 후 나온 성적이 전교 100등을 기록했다! 1년 전에 200등이었던 성적이 100등 향상하여 100등으로 딱 반이 된 것이다! 민준이는 그렇게 원하던 과학을 만점으로 1등급을 받았고 수학 2등급을 이번에 처음 받았다! 민준이가 다니는 과학 학원에서는 수강생 중에 만점을 받은 학생들이 있으면 현수막에 이름을 새겨서 벽에 전시를 해놓곤 했는데 드디어 민준이 이름이 다른 만점 받은 학생들과 함께 현수막에 쓰여서 벽에 걸렸다. 민준이와 부모님들은 함께 그 현수막 앞에서 활짝 웃으며 사진을 찍었다.

하지만 아직도 국어, 영어가 3등급이었다. 민준이가 가고 싶은 고려대 미디어학부나 서울대 언론정보학과를 가려면 아직도 성적을 더 올려야만 했다. 주요 과목인 국, 영, 수, 과가 1등급이어야 하는데 자신은 이제 겨우 과학 1등급을 달성한 것이다.

과학 학원에서 민준이네 세 식구가 사진을 찍고 음식점에 가서 외식까지 하고 돌아온 날, 민준이가 혼자 방에 앉아 있었다. 민준이 엄마가 과일을 가지고민준이 방으로 들어왔는데 민준이 표정이 어두웠다.

"민준아, 오늘은 정말 기쁜 날인데 왜 그러니?"

"내가 가고 싶은 대학을 가려면 국, 영, 수, 과 모두 1등급이 돼야 하는데 이제 겨우 과학 1등급이니 어쩌죠?"

민준이의 걱정 어린 말에 엄마가 다음과 같이 위로해 주셨다.

"민준아, 우리 긍정적으로 생각하자. 어떤 사람은 컵에 물이 반이 차 있는데 '물이 반밖에 없네.'라고 말하지만, 어떤 사람은 '물이 반이나 있네.'라고 한다지 않니? '겨우 과학 1등급 하나'라고 생각할 게 아니라 '시작'이 '반'이라고, '과학이 1등급이 됐으니 나머지 국어, 영어, 수학도 곧 1등급이 될 거야.'라고 생각하자, 알았지?"

"네, 알았어요, 엄마! 항상 나를 믿어주시고 응원해 주셔서 정말 감사해요!"

"그래, 우리 아들이 최고다, 최고!"

민준이 엄마는 민준이를 꼭 안아주었고 민준이는 엄마의 격려에 다시 힘을 내기로 했다.

제일고등학교에서는 고3 때 "성적 향상 우수상"이라는 표창을 하고 장학금도 주는데 1학년 때부터 고등학교 3학년까지 성적이 가장 많이 향상된 학생들에게 상을 준다고 했다. 민준이는 고3 때 "성적 향상 우수상"과 장학금을 꼭 받아야겠다고 결심했다. 민준이는 그때부터 부모님, 선생님들, 친구들에게 "나는 꼭 성적 향상 우수상을 받을 거야"라고 이야기했다.

민준이는 고2 때 스스로 연극반을 처음 만들어서 연극반 반장을 했다. 민준이는 연극반 활동을 하는 것이 미디어커뮤니케이션학과로 진학하는 데 도움이 될 것으로 생각했다. 민준이는 연극반 반장을 하면서 연극 작품을 기획하기도 하고 대본을 직접 쓰기도 했다. 민준이는 연극배우 역할을 하면서 사람들과의 소통 능력과 표현력이 향상되는 것을 느꼈고 연극 대본을 만들면서 스토리텔링 능력이 개발된다는 것을 깨달았다. 또 여러 학생들과의 협력 작업을 통해서 리더십이 향상되고 갈등 해결 능력도 길러진다는 것을 알게 됐다.

고2 여름방학이 지나고 2학기가 됐다. 고2 여름방학 한 달은 고2 2학기 내신과 모의고사를 준비하느라 눈코 뜰 새 없이 바쁘게 지나갔다. 하지만 그 와중에 고2 2학기에 제주도 수학여행을 다녀온 것은 큰 기쁨이었다. 제일고등학교 작년 선배들이 부산으로 수학여행을 다녀왔다고 하여 이번에도 부산으로 간다는 소문이 있었다. 하지만 학생들이 수학여행을 꼭 제주도로 다녀오자고 열심히 선생님들께 의견을 주장한 결과 제주도로 다녀오게 됐다.

2박 3일간의 짧은 일정이었지만 민준이를 비롯한 제일고등학교 학생들은 모두 꿈같이 행복한 시간을 보냈다. 제주도의 멋진 관광지를 돌아봤고 둘째 날 저녁에는 반별 장기자랑 대회도 있었는데 민준이네 반에서는 짧은 연극을 준비했고 민준이는 각본을 쓰고 등장인물로도 참여했다. 연극반 반장이면서 계속해서 성적이 향상되고 있는 민준이를 따르는 친구들이 많았다. 민준이네 반에서 한 연극은 옛날에 찰리 채플린이 출연했던 〈모던 타임즈〉 같이 대사가 없이 행동으로 사람들을 웃기게 하는 코미디였다.

한 명의 사람이 무대 위로 나오는데 처음에는 똑바로 천천히 걸어 나오다 갑자기 화장실이 급한 사람으로 돌변한다. 급하게 화장실 안으로 들어온 사람 앞에 세면대, 거울, 변기, 수건, 쓰레기통 등이 있는데 민준이 친구들이 행동으로 세면대, 거울 등의 화장실 집기들을 연기한다. 화장실에서 볼일을 다 본 사람은 행복한 미소를 지으며 휴지를 버리는데 발로 밟아서 여는 쓰레기통을 열고 휴지를 버린 후 무대에서 유유히 퇴장한다. 민준이는 이 무언극에서 쓰레기통을 연기해서 친구들을 가장 크게 웃게 했고 제일 큰 박수를 받았다. 민준이 반은 이 연극으로 장기자랑 1등상을 받았다.

고2 2학기 말 성적이 나왔는데 민준이는 전교 60등을 했다! 민준이는 과학을 또 다 맞아서 1등급을 받았고 수학 1등급, 국어 2등급, 영어 2등급을 받은 것이다! 고1 1학기 후에 200등보다는 140등이 향상된 것이고 고2 1학기 말 100등보다도 40등이 향상된 것이다. 민준이가 과학 다음으로 수학을 1등급으로 바꾸겠다고 결심했는데 그 성과가 드디어 나타난 것이다. 민준이는 마음속으로 결심했다.

"그래, 다음에는 국, 영, 수, 과 다 1등급 맞자!"

민준이는 드디어 고3 1학기 기말고사 때 자신이 바라고 원하던 목표를 달성했다. 고3 1학기 기말고사 시험 후에 발표된 성적에서 국, 영, 수, 과 모두 1등급을 받고 전교 18등의 성적을 받은 것이다!

"오, 민준아! 고1 때 200등이었던 네가 이렇게 성적이 향상되다니! 엄마는 정말 기쁘구나! 우리 아들을 이렇게 크게 축복해 주신 하나님께 너무 감사해!"

민준이가 가져온 성적표를 보고 민준이 부모님들은 감격과 감사의 눈물을 흘렸다. 그리고 민준이는 상장 케이스를 하나 더 가져와서 부모님들께 보여드렸는데 열어봤더니

"성적 향상 우수상

 수상자: 한 민준"

이라고 쓰여 있는 상장이 있었다. 봉투도 하나 있었는데 소정의 장학금이 들어있었다.

"민준아, 네가 항상 성적 향상 우수상을 받는다고 하더니 정말 받아왔

구나! 우리 아들, 의지가 정말 대단하다, 대단해!"

민준이 아빠도 기쁨의 눈물을 흘렸다.

이제 고3 여름방학에 접어든 민준이에게는 고3 내신 성적이 1학기까지만 성적에 반영되기 때문에 수능을 잘 보는 것만 남았다. 수시 원서 접수는 9월에 하고 11월에 수능을 본다. 민준이는 성적이 전교 18등까지 향상된 것은 너무 기뻤지만, 고등학교 3년 내내 모든 과목 1등급을 받아온 학생들에 비하면 자신의 성적이 객관적으로 너무 부족하다는 것은 어쩔 수 없는 현실이었다.

민준이는 고3 담임 선생님을 찾아가서 서울에 있는 미디어 관련 학과에 입학하기를 원하는데 고1, 2학년 때 성적이 좋지 않아서 어떡하냐고 상담을 했다. 담임 선생님은 아래와 같이 대답해 주셨다.

"민준아, 1학년 때 200등의 성적이 3학년 18등으로 향상된 성적은 50%에서 시작해서 상위 약 5%의 성적이 됐다는 것인데 이것은 너의 엄청난 노력과 잠재력을 보여주는 것이란다. 이런 성적 향상 곡선은 면접을 보는 교수님들에게 '이 학생은 주어진 환경에서 끊임없이 노력하고 발전할 수 있는 잠재력이 매우 크다'라는 아주 강력한 메시지를 주는 거야. 또 너 자신의 약점을 파악하고 개선하려는 자기 주도적인 학습 능력과 끈기를 보여주는 증거가 된단다.

네가 국어, 사회 과목 공부도 그동안 열심히 했고 미디어 관련 독서도 많이 했으니 분명 좋은 결과가 있을 거야. 연극반 반장으로서 활동도 잘 했고 걱정하지 마. 그런데 수능 최저학력기준을 충족해야 하는 학교들도 있으니까 마지막 남은 수능도 잘 보도록 잘 준비하자. 알았지?"

민준이는 고1 1학기말 성적으로 200등을 받은 충격을 애써 없애기 위해, 또 성적 향상 우수상을 받겠다는 일념으로 열심히 달려오다 보니 전교 18등까지 성적을 향상시켰다. 학교 공부에도 전념했지만 미디어커뮤니케이션학과 관련 책을 읽고 관련 연극 동아리 활동을 하면서 학교생활 기록부에 좋은 기록을 남기도록 노력했다. 집근처 꿈나무 도서관에 가서 공부 방법에 대한 책들을 샅샅이 읽은 경험을 토대로 학교 도서관과 꿈나무 도서관에서 미디어커뮤니케이션학과에 대한 책을 빌려서 읽기도 하고 서점에 가서 책을 사보기도 했다. 고등학교 2학년 제주도 수학여행 장기자랑에서 16개의 반 중에 1등을 차지했던 짜릿한 경험도 소중한 추억이자 자랑스러운 기록이었다.

민준이는 수시에 6개의 학교에 지원할 수가 있고 정시에는 3개 학교에 지원할 수 있었다. 민준이는 우선 9월에 6개의 대학교 미디어 관련 학과에 원서를 제출했다. 그중에서 5개의 학교가 면접전형이 있었다. 면접 시간은 딱 7분밖에 안 됐지만 분석력, 적용력, 종합적 사고력, 면접 태도 등을 종합적으로 평가한다. 면접관은 2~3명의 교수님인데 난처하면서도 날카로운 질문을 할 것으로 예상했다. 민준이는 예상 질문을 생각하면서 면접시험도 준비했다.

면접시험을 볼 때 교수님들이 '고등학교 생활을 하면서 가장 의미 있었던 경험이 무엇이었나?' 하는 질문을 했다. 민준이는 다음과 같이 대답했다.

"고등학교 1학년 때 200등에서 시작해서 고3 때 전교 18등까지 성적을 올린 경험입니다. 이 과정에서 무조건 열심히 공부하는 것보다 체계적이고 효율적인 학습 방법의 중요성을 깨달았고, 포기하지 않는 의지력을 기를 수 있었습니다. 저에게 200등이라는 성적은 실패가 아니라 성장의 기회였습니다. 고3 때 성적 향상 우수상도 받았는데 '인내는 쓰지만 그 열매는 달다'라는 격언이 정말 맞는구나 하고 깨닫는 값진 경험을 했습니다."

"우리 대학 미디어 학과에 입학한다면 졸업 후에 어떤 일을 할 계획인가?"

라는 질문도 받았다.

"우리나라는 중고등학생들에게 공부를 잘해야만 한다는 너무 많은 부담감을 줍니다. 그런데 공부를 왜 열심히 해야 하는지, 또 성적을 올리려면 어떻게 해야 하는지 목적과 방법을 모르면서 걱정만 하거나 공부를 포기하는 학생들이 참 많습니다. 이런 학생들에게 저의 경험을 토대로 공부의 목적을 깨닫게 하고 효과적인 학습법도 알려주는 채널을 운영해서 공부를 포기하려고 하는 학생들에게 꿈과 희망을 주는 크리에이터가 되고 싶습니다."

민준이는 면접에서 이렇게 대답했다.

민준이는 착실하게 수능 시험을 준비해서 자신의 실력을 잘 발휘해서 평소에 받아온 점수와 비슷하게 성적표를 받았다. 12월에 발표된 수시 합격자 발표 결과 "고려대 미디어학부"에 당당하게 합격했다!

민준이는 수시 합격자 발표가 나자마자 그동안 닫아뒀던 자신의 SNS 계정을 다시 열었다. 자신의 합격 발표가 난 노트북 화면도 촬영하여 "200등에서 SKY까지, 포기하지 않으면 가능한 기적"이라는 제목으로 첫 번째 동영상을 만들었다. 민준이는 첫 번째 동영상에서 자신의 후배들에게 해주고 싶은 말을 했다.

"절대 포기하지 마세요! 체계적으로 노력하면 반드시 길이 있습니다. 저는 고1 때 전교 200등에서 시작했지만 결국 SKY 대학에 합격하고 싶었던 꿈을 이룰 수 있었습니다. 체계적인 노력, 포기하지 않는 의지, 그리고 좋은 멘토와의 만남이 있다면 누구나 자신만의 기적을 만들어 낼 수 있습니다. 제가 여러분의 좋은 멘토가 되겠습니다."

동 화

심혁창

호랑이를 살린 토끼

심 혁 창

위기에 몰린 토끼

하얗고 예쁜 토끼 한 마리가 곰과 늑대에 쫓겨 호랑이 앞으로 달려오며 소리쳤습니다.

"아저씨, 호랑이 아저씨 저 좀 살려주세요!"

호랑이가 눈을 번쩍거리며 토끼를 바라보고 입을 딱 벌렸습니다.

"하하하, 내 밥이 제 발로 굴러 오는구나. 허허 어흥!"

그러나 토끼가 호랑이 품속으로 바람처럼 파고들었습니다. 그 뒤를 커다란 곰과 늑대가 달려오다가 딱 멈춰 섰습니다.

늑대가 말했습니다.

"미련한 놈 우리가 무섭다고 도망쳐서 겨우 더 무서운 호랑이 아가리

심혁창

「아동문학세상」 등단, 장편동화 「투명구두」, 「어린공주」 외 50권, 한국문인협회, 사)한국아동청소년문학협회 회원, 한국크리스천문학상, 국방부장관상, 아름다운글 문학상 수상, 도서출판 한글 대표

로 들어가다니! 으히히히.”

곰도 한 마디 했습니다.

“토끼 놈은 귀만 크지 머리는 돌대가리라니까. 우리한테 잡혀 먹히지 않겠다고 호랑이 아가리로 들어가다니 흐흐흐.”

호랑이가 품에 안긴 토끼를 무서운 눈으로 들여다보며 물었습니다.

“이놈아, 내가 누군지 아느냐?”

“호랑이 아저씨잖아요.”

“허허허, 내가 얼마나 무서운지 아느냐?”

“알아요.”

“안다면서 나한테 살려달라고 왔단 말이냐?”

“예, 호랑이 아저씨.”

“도토리만한 놈이 간도 크구나. 내가 얼마나 무서운 줄을 알면서 나한 테 달려들다니. 미련한 놈 으흐흐흐.”

“호랑이 아저씨 궁조입회(窮鳥入懷)라는 말 아시지요?”

"이놈아, 나 같은 호랑이가 그런 말을 어떻게 아느냐?"

"호랑이 아저씨는 동물의 왕이잖아요."

"왕이면 다냐? 네가 아는 대로 말해 보아라."

"포수가 새를 잡으려고 총을 겨누면 위기에 몰린 새가 달아나지 않고 포수 품으로 날아든다는 말이에요."

"음, 포수가 총 한 방 안 쏘고 새를 잡아먹는단 말이로구나."

"아니에요. 포수는 날아든 새가 귀여워서 먹이도 주고 쓰다듬어주고 새장도 만들어 행복하게 살게 해 준다는 거예요."

"허허, 귀만 큰 줄 알았더니 아는 것도 제법이로구나. 네 말을 들으니 내가 널 잡아먹을 수가 없잖으냐?"

"호랑이 아저씨, 배고프시면 저를 언제든지 잡아 잡수세요. 미련한 곰이나 못된 늑대한테 잡혀 먹히는 것보다 호랑이 아저씨의 밥이 되는 게 훨씬 기뻐요. 호호호"

토끼를 우리 먹이로 주세요

"하하하, 놈이 귀여운 소리만 하는구나."

이때 호랑이 품에서 호호거리고 웃는 토끼를 바라보고 있던 곰이 말했습니다.

"호랑이 형, 그 토끼는 저희들 먹이로 해주세요. 형님 먹이로는 너무 작아요."

늑대도 말했습니다.

"토끼 같은 작은 것들은 형님 먹이로는 안 어울립니다."

호랑이가 말했습니다.

“그럼, 내 먹잇감으로는 어떤 것이 좋으냐?”

“얼룩말이나 코끼리나 낙타같이 큰 것들을 잡아먹어야 어울리십니다.”

“음, 그런 것들이 없을 때는 뭘 잡아먹으랴?”

곰이 대답했습니다.

“산돼지도 있고 노루도 있으니 아무것이나 잡아먹어야지요.”

“그런 것들이 없을 때는 어떻게 하랴?”

“할 수 없지요. 작지만 품속의 토끼라도……”

“이놈들아, 너희가 궁조입회라는 말을 아느냐?”

“궁조? 궁조……, 그게 무슨 소리입니까?”

“토끼만도 못한 무식한 놈들. 내 말을 들으면 토끼를 내주마.”

토끼를 내주는 조건

곰과 늑대가 좋아서 벙글거리며 대답했습니다.

“정말이십니까?”

“너 같은 것들한테 거짓말을 하겠느냐? 대신 내 말을 꼭 지켜야 한다. 알겠느냐? 하라는 대로 안 하면 잡아먹을 것이다.”

곰이 몸을 이리저리 흔들면서 대답했습니다.

“좋습니다. 말씀만 하십시오.”

호랑이가 늑대한테 눈길을 보내자 늑대도 대답했습니다.

“말씀만 하십시오. 맹세합니다.”

“좋다. 이제부터 누구한테 토끼를 내주면 좋을지 결정하겠다. 둘이 싸워서 이기는 놈한테 토끼를 내주겠다. 자, 싸워라!”

곰과 늑대가 놀라서 한 목소리로 소리쳤습니다.

"네?!!"

"둘이 싸워서 이기는 놈한테 토끼를 내준다고 했다. 싸우지 않으면 당장에 둘 중에 한 놈을 내가 잡아먹을 것이다. 죽기 싫으면 싸워라. 알겠느냐?"

곰이 늑대를 보고 눈을 하얗게 흘겼습니다. 늑대도 곰을 노려보며 앞발을 쳐들었습니다. 곰이 화난 소리를 질렀습니다.

"어우웡! 훅훅!"

늑대도 눈을 부릅뜨고 부르짖었습니다.

"캉! 캬캉캉! 우으윽!"

늑대가 먼저 앞발로 곰의 콧등을 할퀴었습니다. 한 방 맞은 곰이 눈에 사나운 빛을 뿜으며 늑대를 번쩍 들어 메어쳤습니다. 땅바닥을 뒹군 늑대가 일어서며 곰의 뒷다리를 물고 늘어졌습니다. 곰도 늑대 꼬리를 물었습니다.

뒷발을 물린 곰이 늑대 꼬리를 끊어져라 꽉 깨물었습니다. 늑대가 물었던 입을 벌리고 캑캑 소리를 치면서 나뒹굴었습니다. 나뒹군 늑대가 곰의 뒷다리를 다시 물었습니다. 곰과 늑대는 물고 물린 채 우웡! 캬캑! 이리저리 어지럽게 뒹굴었습니다.

토끼가 물었습니다.

"호랑이 아저씨, 누가 이길까요?"

"두고 보자."

"곰이 이길 것 같지 않아요? 호랑이 아저씨?"

곰과 늑대는 한나절을 싸우다가 지쳐서 물었던 입을 짝 벌리고 피를 흘리며 제각각 떨어져 벌러덩 나뒹굴었습니다. 호랑이는 곰과 늑대가 흘린 피를 보고 방긋이 웃었습니다.

"미련한 놈들. 토끼 하나를 먹자고 피를 흘리다니, <u>흐흐흐</u>."

곰은 눈을 번쩍거리며 헉헉거리고, 늑대는 네 다리를 쭉 뻗고 벌러덩 자빠져 죽은 듯 꼼짝도 하지 않았습니다.

호랑이가 늑대 곁으로 가서 앞발로 늑대를 툭툭 쳤습니다. 늑대는 꼼짝도 하지 않았습니다. 그러나 곰은 숨을 헐떡거리며 눈을 껌벅껌벅하고 호랑이를 향해 말했습니다.

"호랑이형, 내가 이겼지? 토끼는 내 차지야. 그렇지 형?"

호랑이가 토끼를 돌아보고 물었습니다.

"토끼야, 곰이 너를 먹겠단다. 어떠냐?"

"싫어요. 난 호랑이 아저씨 거예요."

"그래도 곰이 이겼으니 약속을 지켜야 할 것 아니냐."

곰이 일어서지도 못하면서 좋아서 흐흐거렸습니다.

"<u>으흐흐흐</u>. 호랑이형님 의리가 고맙습니다."

호랑이가 대답했습니다.

"이제 한 가지 조건을 내놓겠다. 일어나서 토끼하고 저 산 위에 있는 큰 바위를 돌아오너라. 네가 먼저 돌아오면 토끼를 내주고 토끼가 먼저 돌아오면 내가 너를 잡아먹겠다."

곰이 일어서려다가 쿵하고 쓰러지면서 울상을 지었습니다.

"호랑이형님, 저는 일어설 수가 없습니다."

"그러면 토끼하고 경주를 못하겠다는 것이냐?"

"지금은……."

"그러면 토끼도 내줄 수 없다."

토끼의 착한 마음씨

호랑이가 죽어 자빠진 늑대를 보고 말했습니다.

"흐흐흐, 오늘은 저 놈을 먹고 내일은 저 곰을 잡아먹어야겠다. 토끼야, 네 덕에 포식을 하게 되었다. 고맙다. 흐흐흐."

곰이 놀라 소리쳤습니다.

"호랑이형, 지금 무슨 소리를 하고 있어? 나까지 잡아먹겠다고? 그건 안 돼!"

토끼가 호랑이한테 사정했습니다.

"호랑이 아저씨, 곰 아저씨는 아직 살아 있지 않아요? 많이 아플 거예요. 살려주세요."

호랑이가 사랑이 가득한 눈으로 토끼를 쓰다듬었습니다.

"흐흐흐, 요 녀석 얼굴만 예쁜 줄 알았더니 맘씨도 예쁘구나. 알았다. 네가 그렇게 사정하니 소원대로 곰은 살려주마."

이 소리에 곰이 눈물을 흘리면서 토끼한테 말했습니다.

"토끼야 고맙다. 이 은혜 잊지 않을게. 내가 일어나면 너를 날마다 업어주마. 호랑이형 고마워."

"흐흐흐 알았으니 네가 나으면 토끼한테 신세를 갚아라."

호랑이는 늑대를 잡아먹고 불룩한 배를 쓰다듬으며 큰 나무 밑으로 가 벌렁 누워 토끼한테 일렀습니다.

"난 배가 부르면 잠이 온다. 한숨 잘 테니 곰을 잘 지켜라."

칠엽삼홍초(七葉三紅草)

호랑이가 쿨쿨 자고 있을 때 나무 위에서 큰 뱀이 혀를 날름거리며 내려와 호랑이 등을 꽉 물고 똬리를 틀었습니다. 뱀이 물자 호랑이가 깜짝 놀라 몸을 흔들었지만 뱀은 꼼짝 않고 달라붙어 독을 뿜어댔습니다. 잠깐 새에 호랑이 등이 퉁퉁 부어올랐습니다. 토끼가 울먹이는 소리로 말했습니다.

"호랑이 아저씨, 아저씨 어떡해요? 아주 큰 뱀이에요."

그 소리에 눈을 감고 있던 곰이 고개를 들고 바라보다가 놀라면서 토끼한테 말했습니다.

"저놈은 아주 독하다. 그냥 두면 호랑이형님이 돌아가신다."

"곰 아저씨, 어떡하지요?"

"나도 일어설 힘이 없어서 도울 수가 없다. 내 말대로 하거라. 저 산꼭대기에 큰 바위가 보이지? 그 바위 밑에 가면 잎사귀가 일곱에 빨간 열매 세 개가 달린 풀이 있다. 그 풀을 사람들은 칠엽삼홍초라고 한다. 그 풀을 뜯어다 뱀한테 대면 뱀이 죽는다. 빨리 올라가 칠엽삼홍초를 뜯어 오너라."

"네, 아저씨 고마워요. 빨리 가서 뜯어오겠어요."

토끼는 있는 힘을 다해 산꼭대기를 향해 달렸습니다. 큰 바위 가까이가 보니 파란 잎사귀 위에 빨간 열매가 달린 풀이 보였습니다.

만신창이가 된 토끼

토끼가 바위 밑으로 들어가 풀을 뜯으려는 순간 바위에 붙은 벌집에서 왕벌들이 와르르 달려들어 토끼를 공격했습니다. 토끼는 순식간에 벌이 달라붙어 온 몸이 새까만 토끼가 되었습니다. 귀가 찢어지는 듯 아프고 등과 다리가 저렸습니다. 그래도 토끼는 칠엽삼홍초를 뜯어 물고 비탈을 데굴데굴 굴렀습니다.

등에 붙은 벌떼들이 떨어져 나갔으나 귀에 붙은 벌들은 귓속까지 파고들며 쏘아댔습니다. 토끼는 입에 물고 있는 칠엽삼홍초를 놓치지 않으려고 입을 악다문 채 눈물을 흘리며 산비탈을 계속 구르고 또 굴렀습니다. 벌에 쏘인 등에 가시가 박히고 풀숲에 찔린 다리에서 피가 났습니다.

높은 산을 다 내려왔을 때는 벌들이 모두 떨어져 나갔습니다. 그러나 가시에 찔리고 풀에 긁힌 몸뚱이는 피로 얼룩져 하얀 토끼가 빨간 토끼로 변했습니다. 토끼가 가까스로 기어서 호랑이 가까이 다가갔을 때 호랑이의 울음소리가 들렸습니다.

"아이구위! 나 죽는다, 아이구 어으흐흐웡!"

호랑이가 퉁퉁 부은 채 몸을 꼬면서 우는데 뱀은 눈을 부릅뜨고 더 무서운 기세로 호랑이 등을 공격하고 있었습니다. 힘이 없어서 일어서지 못하는 곰이 머리만 쳐들고 소리쳤습니다.

"토끼야, 빨리 그 풀을 뱀한테 대라!"

은혜 입은 호랑이

토끼가 달려들어 약초를 뱀한테 대는 순간 뱀이 똬리를 풀며 기다란 장대처럼 쭉 뻗었습니다. 그리고 피를 흘리며 바닥으로 굴러 떨어졌습니다. 그 순간 놀랍게도 퉁퉁 부어올랐던 혹이 가라앉고 괴로워하던 호랑이가 정신을 차렸습니다.

“토끼야 고맙다. 네가 나를 살렸다.”

“호랑이 아저씨, 저한테 고맙다고 하지 말고 곰 아저씨한테 고맙다고 하셔요. 곰 아저씨가 약초를 가르쳐 주어서 뜯어왔어요. 곰 아저씨가 아니었으면 호랑이 아저씨는 죽었을 거여요.”

호랑이가 곰한테 고맙다는 눈길을 보냈습니다.

“곰아, 고맙다. 고마워! 이 은혜 잊지 않으마.”

곰이 빙긋이 웃으며 받았습니다.

“호랑이형, 나보다 토끼가 아니었으면 형은 죽었을 거야. 저 토끼 꼴 좀 봐. 하얗던 것이 빨간 토끼가 되지 않았어?”

호랑이가 토끼를 사랑스럽게 앞발로 쓰다듬었습니다.

“네가 고생했다. 귀도 등도 상처투성이로구나. 네 상처는 내가 핥아주면 바로 바로 낫는다. 내 침이 약이다.”

호랑이가 혀로 빨간 토끼 등과 귀와 배, 다리를 핥아주자 토끼가 감격하여 말했습니다.

“호랑이 아저씨, 저보다 건강해지셔서 고맙습니다.”

나를 호랑이라 부르지 말아다오

호랑이가 곰과 토끼를 돌아보며 말했습니다.

“네가 곰을 살리고 곰은 나를 살렸으니 은혜 위에 은혜로다. 이렇게 기쁜 일이 어디 있느냐. 으흐 하하하.”

토끼도 깔깔거리며 좋아했습니다.

“호랑이 아저씨, 곰 아저씨 고맙습니다.”

이때 호랑이가 너그럽게 웃으며 말했습니다.

"예쁜 토끼야, 나 보고 호랑이, 호랑이 하지 마라. 사람들이 가장 싫어하고 무서워하는 게 호랑이라는 소리다. 난 그 소리가 싫다."

이때 곰도 한마디 했습니다.

"흐흐 크크웅, 사람들이 곰이라고 하는 소리가 나도 싫다. 사람들은 미련 바보 곰탱이를 곰이라고 한다. 내가 왜 곰탱이냐. 너까지 나를 곰 아저씨라고 하는 건 싫다."

호랑이가 번쩍거리는 눈으로 둘을 번갈아 보며 말했습니다.

"사람들은 예쁜 아기를 보면 토끼같이 예쁘다고 한다. 그럴 때마다 토끼가 부러웠느니라. 토끼야, 이제부터 곰 아저씨, 호랑이 아저씨 하고 부르지 말아다오. 나는 너를 좋아하는데 네가 나를 호랑이라고 부르면 너하고 나 사이에 거리가 생기는 느낌이 들어서 싫다. 흐흐흐"

너는 내가 되고 나는 네가 되고

곰도 턱을 주억거리면서 말했습니다.

"맞습니다 형님. 나도 토끼가 곰 아저씨라고 부를 때마다 나는 곰 너는 토끼? 하고 섭섭한 생각이 들어요. 이제부터는 토끼가 그냥 아저씨라고 불렀으면 좋겠습니다."

호랑이도 고개를 끄덕거리며 싱글벙글 대답했습니다.

"아우 말이 맞다. 토끼야, 이제부터 우리를 부를 때는 그냥 아저씨라고 불러라. 그러면 너는 내가 되고 나는 네가 되는 거 아니겠느냐. 우리 사이에 벽을 헐고 살자. 어떠냐?" -끝-

4행 시

남춘길 백혜숙
서철수 이건숙
이향란 임경원
정춘미 조미구
조부경 이용덕

지혜의 근본 - 남춘길

여호와를 경외하는 것
악을 미워하는 것
이 모든 것이
지혜와 선의 근본 이었네.

그들의 아포리즘 - 백혜숙

누구보다 큰 지혜, 재물, 명성을 얻었으나
바른길을 계속 가지 못한 솔로몬과
아굴, 르무엘등의 아포리즘이자 푯대
나도 그 푯대를 향해 간 발자국을 남기자.

잠언의 위상 - 서철수

뭇 인물들의 명언(名言), 금언(金言)을 뛰어넘어
성서의 잠언(箴言)은
매일 1편씩 읽고 마음에 새기라고 31편으로 구성
영원한 생명으로 향한 이음줄이 되네.

지혜의 근본 - 이건숙

지혜문학의 영적 보물단지 잠언은
지혜와 명철을 얻는 복의 기록으로
주를 핍박하는 자들에게도 유익하니
하나님을 경외하는 것이 지혜의 근본

잠언의 교육 - 이향란

삶의 지혜를 배우고
현숙한 여인 아내 됨도 배웠네
여호와를 경외하는 삶으로
나는 날마다 날개짓 하리.

나의 말을 들으라 - 임경원

다윗의 아들 솔로몬 지혜의 왕
여호와를 경외함이 지식이 근본이라 했다
미련한 자는 지혜와 훈계를 멸시함에
나중에 눈물을 흘리니 아비의 훈계를 떠나지 말자

지혜롭게 사는 법 - 정춘미

명철과 지혜로 하나님 의지하라
모든 일 풍족하고 평안 얻으리라
부모님 훈계 마음에 간직하면
너를 보호하고 곧 생명의 길이 된다

복을 약속하신 잠언의 말씀 - 조미구

여호와 하나님을 경외함이 지식의 근본이라 그를 신뢰하라.
그가 주시는 복은 사람을 부하게 하고 근심을 주지 아니하신다.
너는 잠자기를 좋아하지 말고 네 눈을 뜨라 그리하면 양식이 족하리라.
오직 하나님을 경외하는 여자는 칭찬을 받을 것이라.

잠언 묵상 - 조부경

모든 길 끝에서
조용히 기다리는
목소리보다 고요로 말하는
지혜로운 길잡이

잠언 1장에서 마지막 31장까지 - 이용덕

다윗의 아들 솔로몬의 경계와 교훈으로 시작
오늘 일을 내일로 비루지 말라
시간은 돈으로 그 손의 열매와 그 행한 일로
성문에서 칭찬을 받으리라 마지막 탈무드

편집후기

크리스천문학나무 회원들에게 감사와 사랑을 전한다. 세상은 변화로 요란하지만 여전히 문학을 사랑하는 모습에 큰 박수를 보낸다. / **이건숙**

11월 늦가을의 짧은 오후, 발밑에 딩구는 갈색 낙엽들, 쓸쓸함의 절정에서 찾아낸 보람과 가치를 되뇌어 본다. 문학의 숲을 가꾸는 일, 할 일이 있다는 것은 얼마나 큰 축복인가!! / **남춘길**

만추를 붙들고 싶으나 우리 문예지가 겨울호 출간을 재촉하기에 슬그머니 밀쳐냅니다. 이젠 이번 호 이후 년 1회 출간을 목마르게 기다려야 하기에 우리 회원님들이 작품을 마음껏 담아냈습니다. 마음과 마음을 잇는 글들로 수놓아 풍성합니다. 세상에 빛으로 투영되어 뭇 영혼들이 깨어나길 기도합니다. / **서철수**

계절도 우리 삶의 물리적인 시간도 겨울을 향하고 있다. 겨울은 새로운 부활을 준비하는 충전의 시간이라는 마음으로 흘러가는 인생의 강물에서 문학이라는 멋진 작품을 끌어 올리는 회원들 응원한다. / **백혜숙**

숲의 계절에 들어온 나무는 겨울을 입고
하얀 꿈을 꾸고 나무는
맑은 눈을 뜰 것이다. 코람데오 / **조부경**

크리스천문학나무숲의 모든 글들이 크리스마스의 기쁜 소식처럼 독자들에게 다가가길 기원합니다. 이 계절을 건너는 모든 이들의 마음에 성탄의 종소리가 머물기를 기도합니다. / **정기옥**

크리스천문학나무숲 작가님들의 정성어린 작품들을 모아 또 하나의 새로운 책을 펴내게 됨을 하나님께 감사드립니다. / **조미구**

크리스천문하나무집이 무참히 무너지나 걱정했더니 그동안 사랑으로 문학나무를 지킨 회원들이 숲으로 다시 모여 앤솔러지 새 문집을 짓는다 하여 반가웠다.

평소 한 번 손 놓으면 다시 잡기가 어렵다는 것을 체험하지만 까칠한 문학인이 헤어졌다가 다시 손잡는 것은 더욱 진귀한 일이다.

일반 친교 단체는 참석회비만 부담하면 되나 문학인의 모임은 글을 쓰고 출판비용까지 부담하는 조건이 따르기 때문에 재결속이 매우 어려운 것이다. 그런 악조건을 극복한 회원님들께 박수를 보낸다. / **심혁창**

남춘길 수필집
숨겨진 행복

그의 글은 따뜻하다.

특별히 그의 작품에 그가 가진 신앙을 부러 연관시키지 않더라도 감사라든지 기쁨, 섬김, 그리고 고난을 이기는 삶의 생명력 등이 작품의 밑바탕에 깔려 있는 것이 특징이다.

그의 글은 밝고 희망적이다.

단순히 기억의 저편에 있던 것들을 끌어내 나열하거나 지루한 여행의 시간표 짜기를 벗어나 감사의 문을 여는 긍정적이고 밝은 내일로 가는 따뜻한 응시를 보여주고 있다.

−김지원의 「추천사」 중에서

남춘길 수필가의 수필집 '숨겨진 행복은 삶의 깊이와 의미를 탐구하는 수필집으로, 독자에게 감동과 성찰을 안겨주는데 곧 자신의 경험을 통해 작은 행복을 발견하고, 가족과의 소중한 관계를 되새기게 하는 데 큰 역할을 한다.

남춘길의 글들은 따뜻하고 희망적이며, 독자에게 위로와 격 려를 주는 힘이 강하다. 이러한 점에서 '숨겨진 행복은 단순한 수필집을 넘어, 삶의 소중한 작은 행복들을 찾아서 삶의 지혜와 감동을 전하는 소중한 작품으로 기억될 수 있을 것이다.

−최원현의 작품 평설」 중에서

한국인의 탈무드 속담

유대인들은 탈무드로 지혜를 가르친다지만 우리에게는 속담이 있어 지혜와 삶의 규범을 배우고 익힌다.

이 지구상에서 머리가 가장 좋은 조상을 모시고 역사를 이어온 민족이 대한민국이라고 자부한다. 문자는 '한글'이 세계 제일이며 '온돌방' 또한 우리의 자랑이다. 다른 나라에 온돌방이 있다는 말 들어 보았는가?

우리 조상님들이 온돌방을 만들어 놓은 지혜는 실로 놀랍다.

부엌에 부뚜막을 만들고 거기 솥을 걸어 아궁이에 불을 때서 음식을 짓는다. 그렇게 불을 땐 열을 방에다 구들을 놓고 그 열로 방바닥을 따듯하게 데우도록 설계했다.

우리 속담에 도랑 치고 가재 잡기, 누이 좋고 매부 좋고, 마당 쓸고 동전 줍기라는 속담이 바로 밥 해먹고 방 데우기이니 그야 말로 양수 겹장 일석이조가 아닌가.

한국을 다녀간 동서 외국인들이 모두 온돌방 기능에 감탄하고 자기 나라에 가서 온돌방을 만든다고 하니 우리 조상님들의 지혜에 감복하지 않을 수 없다.

한국인의 특색은 동성동본은 결혼을 하지 않습니다. 그리고 한 마을에서 한 우물물을 먹고 자란 사람끼리도 혼인을 하지 않습니다. 이 점은 특수한 유전자를 건강하게 보존하려는 대단한 지혜입니다.

우리 속담은 조상님들이 주신 삶의 지혜며 지적 재산입니다. 스마트 포켓북 '울타리' 16호에는 우리 속담이 많이 실려 있습니다.

(울타리 발행인)